KB237237

74개의 에피소드

마담 파리와 고서방

한국인 아내 프랑스인 남편이 빚어내는 좌충우돌 시트콤 같은 일상

마담파리 아젤 쓰고 고서방 사진 찍다

마담 파리 고 서 방

마담
파리와
고서방

마담 파리와 고서방

지은이 | **아젤**(Hazelle)

1975년 생. 이화여대 졸업. 외국계 소프트웨어 회사와 삼성에서 데이터베이스 엔지니어로 근무했다. 어려서부터 패션과 글쓰기에 관심이 있었으나 평범한 한국 가정에서 자라 당연히 성적에 맞는 대학과 학과에 진학하는 것이 맞다고 순응하며 살아오다 어느 날 더 늦기 전에 하고 싶은 것을 하고 살리라 마음먹고 늦은 나이에 패션에 입문했다. 한국적인 것에 토대를 둔 독특한 패션 세계에 관심이 있어 한복 명장에게 직접 사사를 받았다. 한국에서 지명도가 없던 유럽 브랜드 제품을 셀렉트해 맞춤 판매하는 퍼스널 쇼퍼(personal shopper)로 일함과 동시에 본인이 직접 디자인 한 제품을 판매해 입지를 굳히던 중 미국 소재 패션 회사의 올개닉 브랜드 런칭을 계기로 도미하였고 LA 생활 중 고서방을 만나 결혼하였다. 이후 미국 LA, 프랑스 니스, 파리를 오가며 생활하다 딸 둘을 얻고 파리에 정착하였다. 최근 파리 마레지구에서 오리엔탈 부티크 런칭을 준비 중이며 월간 육아잡지 'Babee'에 칼럼을 고정 연재하고 있다.

주요 가족 소개

○ **고서방** | 지은이의 남편. 본명 고프레도 디 크로라란자(Goffredo di Crollalanza) 이탈리아 혈통의 프랑스인. 고서방은 한국식으로 지은이가 남편에게 붙여 준 애칭이다. 14살부터 사진작가인 아버지를 따라 사진에 입문하였으며 많은 셀레브러티와 작업을 한 셀러브러티 전문 사진작가이다. 프랑스, 스위스, 영국, 미국을 오가며 생활해 4개 국어에 능통하다. 파리 정착 이후 정치인, 패션 쇼, 스트리트 포토그라피 등 폭넓은 분야에 걸쳐 활동 중이며 특히 현 프랑스 대통령 '프랑수와 올랑드'의 인간적인 모습을 포착한 사진은 프랑스 유력 시사 잡지 'LE POINT'의 커버로 실리는 등 업계에서 인정을 받아가고 있다. 전형적인 이탈리아인으로 다혈질이며 불의를 참지 못하는 성격이다. 건망증이 심하고 깔끔하지 못하며 꼼꼼하지도 않아 이로 인해 부부간의 다툼이 자주 발생한다. 반면 마음이 여리고 동정심이 많아 동네 거지들로부터 '형님'으로 추앙을 받고 있다. 딸들을 위해서라면 무엇이든 하는 딸바보 아빠이기도.

○ **큰딸** | 나네뜨. 3년 2개월 된 꼬마. 세 가지 언어를 동시에 배워야 해서 또래에 비해 말이 느린 편이며 세 가지 언어를 섞어 쓰는 '나네뜨어'를 창시, 엄마만이 알아들을 수 있는 언어세계 구사. 학교에서 제일 잘 웃는 '아메리칸'으로 소문이 나 있다.

○ **작은 딸** | 오데뜨. 1년 10개월 된 꼬마. 고서방 미니미로 소문난 붕어빵 딸. 엄마와 전혀 닮지 않아 동네에서 엄마가 '유모'로 수문나 있다. 붕같은 성격이지만 아빠와 마찬가지로 뒤끝이 없고 엉뚱하다. 늘 엄지손가락을 빨며 항상 꼬질꼬질한 하마 인형을 끌고 다닌다.

○ **시아버지** | 이탈리아 귀족집안 디 크로라란자(di Crollalanza)의 장손으로 태어나 로마 명예시장을 지낸 아버지의 뒤를 따라 정치에 입문해야 하는 암묵적인 운명을 벗어 던지고 20대에 돌연 사진작가 생활을 시작하였다. 이후 피카소의 눈에 들어 유명인의 프라이빗 포토 작업을 수없이 하였으며 모나코, 영국 왕실의 사진작가로도 활동하였다. 마릴린 몬로, 숀 코네리, 알랑들롱 등과 작업하였고 현재도 수많은 연예인과 작업 중이다. 역시 전형적인 이탈리아인으로 다혈질이며 자식들에게 엄하다. 까다로운 그가 유일하게 인정하는 집안의 구성원은 한국인 며느리이며 며느리로부터 소개 받은 많은 한국 발명품에 심취해 있다. 특히 '전기장판' 사랑이 남다르다.

○ **시어머니** | 이탈리아 해군제독의 딸로 태어나 엄한 교육을 받고 자란 전형적인 귀부인. 품위와 아름다움을 목숨처럼 여겼고 일하는 여성으로 인생을 열심히 살았다. 이탈리아 총리 베를루스코니가 미디어 황제이던 시절 눈에 들어 오른팔 역할을 하였으며 이후 프랑스 국영방송국의 다큐멘터리국 PD로 일했다. 특히 무명작가 발굴에 심혈을 기울였으며 우리에게도 친숙한 '개구쟁이 스머프' '코끼리 바바' 등의 유명 애니메이션 각색 및 제작을 총괄했다. 비즈니스 커리어 우먼이었으나 아들들에 대한 속정이 깊었다. 평생 아름답고자 노력한 천상 여자로 꼼꼼하고 글 솜씨가 뛰어났다. 수년 전 암으로 사망했으며 사후에 발견된 그녀의 다이어리를 며느리 아젤이 편집 중이다.

○ **손위 시누이** | 라틴음악의 거장 후안 호세의 아들인 후안 호세 주니어와 결혼, 슬하에 아들 알렉산드로를 두고 있으며 성격이 드라마틱하고 예민하지만 뛰어난 포토그래퍼이기도 하다. 특히 예술사진 및 인물 사진계에서 정평이 나 있는 인물. 가문에 대한 자부심이 뛰어나 기혼 여성 대부분이 남편 성으로 개명을 하는데 반해 여전히 디 크로라란자(di Crollalanza)라는 성을 고수하고 있다.

○ **시동생** | 어려서부터 천재 소리를 들었고 학창시절엔 월반을 해 두 살 터울인 형 고서방과 함께 졸업을 했다. 18세 때 이탈리아 국적을 선택했고 현재 스위스에 거주 중이다. 고서방과 달리 꼼꼼하고 치밀하며 냉정한 성격의 소유자. 조카들에겐 한없이 솜사탕 같은 삼촌이다.

○ **시조카** | 알렉산드로. 나이에 비해 월등히 조숙한 정신세계를 갖고 있는 8세 남아로 정리정돈에 남다른 소질이 있으며 통찰력이 웬만한 어른보다 나은 영특한 꼬마이다.

문화와 언어가 다른 두 남녀가 하나가 되어가는 과정을
에피소드를 통해 진솔하게 풀어 보이고 싶었다

초등학교 시절 늘 검사를 맡기 위해 써야 했던 '일기'.
일기란 나만의 고백이요 자아성찰이라 배웠다. 어떤 선생님은 인격 수양을 위해 필요한 것이라 하셨고, 어떤 선생님은 '자신에게 솔직해지는 법'을 배우는 중요한 수단이라 했다. 어쨌건 선생님한테 다 보여야 하는데 어떻게 100퍼센트 솔직해질 수 있을까. 그것이 늘 불만이었고 그래서 그때는 도대체 왜 '일기'를 써야 하는 것인지 알지 못했다.

나이가 들고 누구도 검사를 하지 않는데 어느 날부터 나는 외로워서 일기를 쓰기 시작했다. 어른이 되면 남에게 말 못할 비밀이 많이 생긴다. 누군가에겐 터놓고 싶지만 어느새 알게 된다. 그 누구도 나만큼 나 자신을 '신경써' 주진 않는다는 것을.

아는 사람 없는 미국 땅에서 다시 쓰기 시작했던 일기.
남편을 만나고는 나와는 다른 그 남자에 대한 '속풀이'용으로 일기를 썼다. 써 놓고 얼마간 시간이 지나 다시 읽어보면 어쩐지 그가 이해가 가기도 했고, 다시 보니 별 일도 아니었다는 생각도 들고, 때론 웃기기도 해서 혼자 실소를 흘리기도 한다.

그렇게 모아오던 일기가 올해로 5년째.
우연한 기회에 나에게는 평범한 이 일상 얘기가 다른 사람들에게 웃음을 준다는 걸 알게 되었다. 선물을 받는 기쁨보다 주는 기쁨을 알게 되었듯, 나의 소소한 이야기가 누군가에게는 웃음을 줄 수 있다는 것이 신이 나 이 작업을 하게 되었다.

나의 이야기를 한마디로 요약을 한다면 뭐라고 소개를 할 수 있을는지, 고민을 하다 곰곰이 다시 읽어보니.

나의 글은 '다르지만 같음'에 관한 글이다.
또한 '다수를 이루는 또 다른 소수'에 관한 글이기도 하다.

'we are the world'를 노래하고, 지구촌이라는 말을 자주 사용하면서도 많은 사람들이 아직도 인종이 다른, 국적이 다른 남녀의 조합을 여전히 색다르게 보는 것 또한 사실이다. 이는 한국인에게만 국한된 특성이 아니라 세계 어느 곳이든 적용되는 현상이다. 흔히들 문화가 다르고, 식습관이 다르고, 사고방식이 다른 두 남녀가 짝이 되어 살아가는 것에 대해 사는 것에 불편은 없는지, 대화는 통하는지, 어느 순간 '다름'을 극복하지 못하여 헤어지는 것은 아닌지 우려를 표한다.

모든 것은 '사랑'으로 극복이 된다는 뻔하고 고리타분한 얘기는 하고 싶지 않다. 같은 언어를 쓰고 같은 음식을 즐기고, 없으면 죽을 만큼 사랑해 결혼한 '단일민족' 커플에게도 살다보면 위기는 온다. 사람과 사람 사이의 키워드는 '노력'이라고 말하고 싶다. 같은 땅에서 같은 피부색의 사람을 만나도 자라온 가정환경, 학력, 개인의 성격 등에 따라 갈등은 오게 마련이고 이를 극복하는 것은 '사랑'이라는 이름의 노력일 것이다. 그래서 세간에는 '결혼은 비슷한 사람끼리 하는 것'이라는 흔한 충고가 있다. 비슷한 사람을 찾을 순 있지만 같은 사람은 없는 법이다. 결국 비슷한 사람끼리 결혼을 해도 '노력'을 해야 하는 것은 여전하다.

한국 여자와 프랑스 남자의 관계도 별반 다르지 않다. 언젠가부터 내가 어렸을 때 쓰던 크레파스에 붙어 있던 '살색'이란 명칭이 인종차별적이라 하여 사용하지 않는다는 말을 들었다. 우리나라 사람들은 본인이 당하는 인종차별에 굉장히 예민하다. 하지만 돌이켜보면 그런 우리들도 모르는 사이 다른 인종을 차별한 적은 없는지, 다른 시선으로 훑어본 적은 없는지 반성해볼 일이다.

다시 말하지만 나는 그저 얼굴색만 다를 뿐 '평범한' 남녀가 같아지는 과정, 가족이 되어가는 과정, 나라와 문화가 달라 서로 스트레스를 받기보다는 또 다른 문화와 언어를 서로 배우며 즐기는 모습을 진솔하게 풀어보고 싶었다. 이 광대한 우주 속, 먼지만큼 작은 지구에 옹기종기 모여 사는 인간들이 왜 그 안에서 색깔과 모양으로 인종을 나눠 '나는 너와 다르다'고 규명 짓고 살아야 하는지 나는 이해할 수 없다. 그래서 '단일민족 대한민국'이라는 말보다는 '단일종족 지구촌'이라는 표현을 써보는 것이 어떨까 하고 생각해본다.

이 책은 그저 흔한 '꼼꼼한 아내'와 '덜렁거리는 남편'의 좌충우돌, 소소한 일상 속에서의 갈등을 겪는 과정을 표현했다. 가볍고 열린 마음으로 같이 공감해주시고 고개를 끄덕여 주신다면 더할 나위 없이 감사할 따름이다.

2013년 1월 눈 내리는 파리에서

Chapter 03 그에겐 동경의 대상, 나에겐 그리움

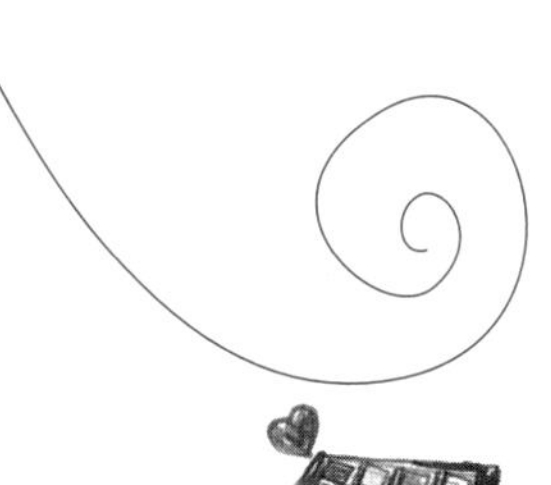

깨끗한 것을 좋아하는 사람에게 파리는 더러울 수 있다.
추운 것을 못 견디는 사람에게 파리의 겨울은 혹독할 수 있다.
새 것을 좋아하는 사람에게 파리는 낡았다.

하지만,
오래된 것의 가치를 알고, 아름다운 것에 집착하며, 역사와
자연에 감사할 줄 아는 사람에게 파리는 조금 불편한 천국이다.

프랑스 사람들은 비판과 비평을 즐긴다. 그들은 마냥 행복한
낙천주의자들은 확실히 아니지만 자신이 프랑스인임을
진심으로 자랑스러워한다.

프랑스, 그녀
는 내게 고양
이다

프랑스, 그녀는 내게 고양이다

어렸을 때 우연히 TV 교양 프로그램에서 프랑스 여행 다큐를 본 적
이 있다.

아마 그때부터였지 싶다.
막연하게 프랑스에 대한 동경을 품은 것이.

어디를 가건 녹아 있는 그 오랜 역사와 예술이 좋았고,
동네의 흔한 분수대마저도 예사롭지 않은
조각품들로 이루어진 나라.
그때 처음 들어 본 낯선 그 언어가
마치 내게는 음악소리처럼 들렸던 기억이 있다.

프랑스를 막연히 동경하였다고 해서
내 나라 한국을 싫어한 건 결단코 아니다.
내게 프랑스는 미지의 세계였고,
그래서 고등학교 때도 비중이 얼마 되지도 않은 불어공부에
이상하리만치 많은 시간을 할애했던 것도 사실이다.

대학에서도 교양 수업으로 불어를 들었고

그냥 그렇게 내 짝사랑은 늘 지속되었는데,

나이가 더 들고 사회인이 되면서

언젠가 한번은 여행을 가보고 싶은 나라쯤으로

서서히 잊혀져 갔다.

그. 러. 다.

내가 미처 몰랐던, 내 운명의 힘으로 돌아보니,

어느새

나는 지금 파리 한복판에 와 있다.

거주민으로서 느끼는 프랑스는 참 '불편한' 나라다.

친절하지 않고, 서비스는 느리고, 파리 내에서 배송하는 택배도

이틀 이상은 기다려야 하며

무슨 놈의 공휴일은 그리도 많은 건지.

은행에 볼일을 보러 가면 점심시간이라 걸어 잠긴 적도

한두 번이 아니고,

은행 안에 친절히 앉으라고 비치된 의자 따위도 없다.

사람이 많을 때는 8월 땡볕에도 땀을 흘리며 은행 문밖에서

긴 줄을 서야 하는 나라가 프랑스다.

사람들은 외국인에게 친절하지 않고, 영어 표지판은 관광지 말고는

찾기 힘들며,

거리에서 간단한 영어로 물으면 외계인 취급을 당한다.

동양인은 다 중국인인 줄 아는 사람들.

부당한 일에 항의를 하러 고객센터에 전화를 해서

약간 언성이 높아지면

곧바로 끊어버리는 접수원들.

의사 얼굴 한 번 보려 해도 2주 전에는 약속을 잡아야 하고

관공서도 줄을 선다고 곧바로 되는 업무는 별로 없다.

일을 보러 나갔다가 허탕을 친 적도 많았고.

어느 날인가

사전에 전화로 이미 상담한 일을 확인하러 가보니

상담원의 착오로 제대로 되어 있지 않아 괜한 걸음만 하고

속이 상해 돌아오는 길에 잠깐 센 강변을 걷다 문득 든 생각.

그런데도 나는 이 나라에 끌린다는 것.

그저 이 아름다운 동상을 마음껏 볼 수 있다는 것이,

중세시대 건물에 생뚱맞게 달려있는 경찰서 표지판하며,

컴퓨터 가게인 애플마저도

웅장한 중세 건물에 예쁜 샹들리에가 달려있는 나라.

비가 와도 걷고 싶게 만드는 낭만적인 파리.

가을이 오는 도빌의 아름다운 쓸쓸함.

해질녘 선선한 바람 속에 하늘거리는 니스의 연한 바다빛.

돈으로 살 수 없는 프랑스가 가진 아름다움이

그 이면의 불편함을, 불친절함을,

이방인으로 느끼는 외로움을 잊게 해준다.

내게 프랑스는 얄미워도 사랑할 수밖에 없는 '고양이'다.

임신부와 산모를 위한 훌륭한 복지의 나라

프랑스의 복지는 대체적으로 좋은 편이다. 그중 가장 훌륭한 부분은 임신, 출산, 교육부분이다.

프랑스의 임산부는 임신 6개월부터 '크래쉬(crèche : 유아원)'라 불리는 데이 케어(day care) 시스템에 지원을 해둘 수 있다. 또 엄마가 일하든 전업 주부이든 상관없이 아이가 생후 3개월이 지난 시점부터는 이곳에 아이를 맡길 수 있다. 임신 후반기부터는 출산 장려금이 나오고, 산달에는 출산 준비금이 따로 나온다. 아이를 낳고 나면 아이 1명당 지원금이 매달 나오고, 산모를 위해 3달간 가사도우미를 국가에서 지원해 주고 있다.

흔히들 한국인만이 산후조리에 신경을 쓰는 것으로 알고 있다. 미국에서는 실제로 산모들이 출산 며칠 후부터 아무렇지 않게 운전을 하고, 일을 하는 경우도 있어 놀랐는데 프랑스는 그렇지 않다. 출산 후 한 달여 동안 집 근처에 있는 산후조리 전용 스파를 무료로 이용할 수 있다. 그곳에서는 이완된 근육을 수축시켜 주고, 약해진 신체를 회복시키는 프로그램 등을 이용할 수 있고, 출산 전 몸매로 돌아갈 수 있도록 요가나 필라테스 등의 세션도 마련되어 있다.

한국의 산후조리와 조금 다른 점이라면 좀 더 몸을 움직이도록 하여 정상 생활로 빨리 돌아갈 수 있도록 도와주고 있는 것이다.

진정 풍요로운 삶이란?

여행객들이 느끼는 프랑스인들은 '무뚝뚝하며 불친절하고 배타적'이라는 것이다.

그들은 그다지 친절하지 않다. 먼저 나서 도와주는 경우는 거의 없고 길을 묻던지 도움을 청하는 경우에도 소극적인 태도를 보인다. 하지만 그렇다 하여 그들이 꼭 배타적이거나 인종차별적이라고는 볼 수 없다.

프랑스인들은 기본적으로 굉장한 '쇼비니스트(맹목적 애국주의자)'들인데, 그들의 나라 프랑스, 역사, 문화, 패션, 국토까지 모든 것을 무척 사랑한다. 늘 시니컬한 표정으로 정부 관료나 정책에 대해 불만을 토로하지만 실상 그들은 자신이 프랑스에 살고 있는, 프랑스인이라는데 대한 자부심이 엄청나다.

한국에서 직장생활을 하던 나는 휴가 땐 외국으로 여행을 가고 싶었고, 여건이 되면 바쁜 일상 중에 꿈꿨던 이국적인 곳으로 여행을 다녀오기도 했다. 프랑스 사람들은 딱히 여름 휴가를 기다리지 않고 주말이면 여행을 다니는데, 이동하기 편한 유럽 내에서도 대부분 프랑스 국내 여행을 즐긴다.

도빌엔 파리 사람들의 여름 별장이 가득하고 이런 여름 별장은 선

대부터 물려받은 것이 대부분이라 그 지역엔 매물도 잘 나오지 않는 편이다. 패션에 있어서도 개방적인 젊은 층을 제외하고 기성세대는 대부분 자국 브랜드를 선호한다. 파리로 다시 돌아와 재회한 고서방의 친구들이 물었다.

"그동안 어디에 있었다고? 영국에 계속 있었다고?"

고서방이 런던에서 사진 기자 생활을 6년 한 후 LA로 건너간 사실을 모르던 몇몇이 물었다.

"난 미국에서 지냈어."

고서방이 대답하자 그들은 하나같이 눈살을 찌뿌리며 말했다.

"모든 것이 페이크(fake)인 그곳에서 어떻게 견뎠어?"

그들은 오리지널리티(originality)에 대한 자부심과 집착이 굉장하며 의식주 이외에도 문화적인 풍요가 없이는 인간으로서 사는 삶이 아니라고까지 생각하는 극단주의자들이 많다.

프랑스인과 친구가 되려면 먼저 와인과 친해져라

프랑스인의 식생활을 약간의 과장을 섞어 한마디로 표현하자면 'all about cheese, baguette and wine'이다.

마켓을 가도 치즈 섹션과 와인 섹션이 가장 넓게 따로 마련이 되어 있고, 종류도 엄청나다.

프랑스인은 점심식사를 하면서도 와인을 마시고 저녁식사 때부터는 본격적으로 마시기 시작한다. 와인 소믈리에가 아니라도 이 나라 사람들은 와인 맛에 민감하고 좋은 와인, 오래된 와인을 기가 막히게 잘 구별해 낸다.

좋은 와인을 마시는 것을 자랑스럽게 생각하며 감사하게 여긴다. 그들과 진정한 친구가 되려면 우선 와인과 친구가 되어야만 한다.

패셔너블은 성의 있는 차림새

근래 파리의 패션흐름은 여전히 루즈한 핏의 부츠와 빈티지한 빅백이 대세다.

그런데 파리의 패션을 들여다보면 트렌드는 있으되 유행은 없다. 가이드라인은 존재하지만 천편일률적으로 같은 디자인을 한 사람들을 찾아보기 힘들다는 얘기다. 심지어 그 트렌드조차 벗어난 복장을 하더라도 아무도 이상하게 보지 않는다. 그들에게 있어 패셔너블하다란 '성의 있는' 차림새를 의미한다.

패션 자유지역인 미국에선 돈만 있다면 슬리퍼를 신고 백화점을 활보해도 소중한 고객이고 점원은 무조건 친절하다. 그러나 파리의 고급 상점은 절대 이런 차림으로 들어설 생각을 하지 말자. 괜한 경멸을 받아 기분을 상하고 싶지 않다면.

화장을 하고 힐을 신는 것, 멋을 내고 집밖을 나서는 것 자체가 이들에겐 기본 예의로 간주되기 때문이다.

친구란 마음대로 폐를 끼칠 수 있는 존재

"미셸과는 언제부터 친구였어?"

"고등학교 때부터였어."

"그럼 에드워드는?"

"그이는 더 오래되었지. 유치원 때부터이니까."

고서방은 LA에 살다가 파리로 돌아오면서 오래된 친구들을 다시 볼 생각에 잔뜩 신이 나 있었다. 실제로 그는 파리에 짐을 풀자마자 그들을 만나기 시작했다. 미국에서 결혼한 그의 아내를 궁금해 하는 친구들에게 나를 소개시키기 위해 약속이 있으면 항상 같이 가곤 했는데 사실 나는 그가 옛 친구들을 만난다는 흥분에 싸여 있을 때 그다지 이해는 가지 않았다. 왜냐면, 30대 후반을 달리는 나이의 어른들이 십 년 넘는 공백 후에 재회했을 때의 그 어색함이 내게는 공포에 가까운 것이었기에.

그러나 이런 선입견은 산산이 부서졌다. 오랜 친구들의 만남에 무뚝뚝하고 까칠한 프렌치들은 없었다. 주름이 잡힌 얼굴에는 아이같은 미소가 떠나질 않았고 그들은 어느새 그들이 처음 우정을 쌓기 시작한 그 시절로 돌아가 있었다. 그동안 프렌치들은 개인적이고 냉담할 것이라 생각했는데, 이런 내 생각을 조심스레 피력하니 남편이 깜짝 놀라며 손사래를 쳤다. 다가가기 힘들지만 한 번 친구가 되면 한없이 챙기고 보살피는 것이 프랑스인들의 우정이라고.

미국에서 도착하자마자 파리에서 집을 얻느라 고군분투하였지만 생각보다 훨씬 어려운 현실에 부딪혔다. 어디든 최근 3개월 프랑스 내에서의 소득증명을 요구했고, 구비서류도 종류별로 까다로웠다. 갓 외국에서 도착한 우리에겐 너무 벅찬 것들이 많았고, 고생 끝에 취향과 하등 상관없이 겨우 집을 구한 후 정착을 시작하면서 친구들을 다시 만났다. 그들은 자기들에게 보증인이 되어달란 얘기를 왜 하지 않았느냐며 진심으로 화를 내기까지 했다. 호의가 무척 감동스럽기도 했지만 그래도 폐 끼치긴 싫었다고 내가 나서서 대답을 하니 그의 친구 미셸이 말했다.

"친구란 폐를 마음대로 끼칠 수 있는 존재가 아니던가?"

최근에 남편이 이직을 하고 싶다고 털어놓았다. 그 다음날 아침부터 휴대전화에 불이 나기 시작했다. 같은 업종에 있는 친구들이 나서서 자기 일처럼 새로운 직장 정보를 상세히 알려주고 추천서도 보내주기 시작한 것. 어느새 나도 프랑스인 친구를 사귀고 싶다고 생각하기 시작했다.

조금 답답하고 느려도 인정은 있다

파리 근교에 디즈니랜드가 있다. 프랑스 사람들은 '디즈네 팍'이라 부른다.

요즘은 어느 나라에서건 놀이공원을 인터넷에서 미리 예매해 갈 수 있다. 주된 이유는 현장에서 표를 끊기 위해 줄을 서야 하는 시간을 절약하기 위해서라고 본다. 그러나 파리 디즈니랜드를 갈 때는 인터넷 예매를 하지 말고 그냥 직접 가서 표를 끊으라고 충고하고 싶다.

한창 덥던 여름날 아이 둘을 데리고 디즈니랜드를 갔다. 미국 살다 온 사람들답게 미리 인터넷에서 예매를 하고 갔더니 인터넷 예매를 한 사람들은 전용 창구가 따로 있는데, 느려도 그리 느릴 수 없는데다가 일처리가 일사분란하지 못해 장장 한 시간을 땡볕에서 기다리는 사태가 일어났다. 우리 차례가 다가올수록 또 다른 걱정거리가 있었는데, 아이들 신분증을 가지고 오지 않았다는 것이다.

규정상 3살 이하의 유아는 무료입장인데 당연히 이를 증명해야 한다. 유모차에 앉아 있는 16개월짜리 작은애야 어찌 될 것 같았지만 또래보다 부쩍 키가 큰 33개월짜리 큰애가 문제였다. 까다롭게 군다면 우리 잘못이니 당연히 어른요금을 내고 들어가야 하는 상황. 겨우 긴 줄을 기다려 우리 차례가 되고 기어들어가는 소리로 사실 아이들 신분증을 안가지고 와서 나이를 증명할 수 없다고 고백을 했는데 직원이 아무렇지도 않게 "어디 한 번 볼까요? 그런데 얜 키가 너무 큰데요?"라고 한다. "얘가 크긴 한데 정말 3살이 안되었어요" 라고 하니까 눈을 찡긋 하더니 "그래요. 믿어요!" 하면서 들어가라고 했다.

느리고 답답하긴 하지만 어느 정도 인정은 통하는 나라, 프랑스.

프렌치 키스 = 혀로 삽질하다?

하루는 문득 궁금했다. 프랑스 사람들도 '프렌치 키스'란 말을 사용하는지. 남편의 대답은 "아니. 그건 아메리칸들이 만들어낸 말이지"였다. 그렇다면 프랑스 사람들은 프렌치 키스를 뭐라고 표현하는지 물었더니 웃다가 알려준다. 'rouler une pelle' 라는 말이 바로 프렌치 키스를 뜻하는 것이라고. 이 말은 직역하면 '혀로 삽질하다' 이다.

프랑스 사람들의 표현력은 재미있다. 'elle tient son mari par le bout du nez'라고 흔히 쓰이는 말이 있는데 직역하면 '그녀는 남편의 코를 잡아 댕긴다' 쯤 되고 실제 의미는 '그녀는 남편을 좌지우지한다' 이다. 프랑스는 여권(女權)이 높은 나라이고 가정 내에서도 아내의 결정권이 센 편이라 이 표현은 남자들 사이에서 심심치 않게 사용한다.

'tu as un chat dans la gorge'라는 표현도 보편적인데 직역하자면 '네 목 안에 고양이가 있어' 이고 '목이 쉬었다' 는 표현으로 자주 쓰이고 있다.

지적 허영심이 많은 프랑스인

역사적으로 문호와 위대한 철학가를 많이 배출한 나라 국민답게 프랑스인들은 사색적이고 지적이다.

프랑스에서는 시사, 정치 저널이 늘 인기가 있다. 프랑스인의 파티에 초대되어 가면 가벼운 신변잡기적인 애기가 끝난 후부터는 정치, 시사, 철학, 문학, 예술에 관한 애기로 열띤 토론의 장이 열린다. 그들의 지적인 욕구는 과열되어 지적 허영심과 지적 과시욕으로 치닫는 경우도 꽤 있는데 어느 날은 어처구니없이 말다툼을 하는 현장을 보게 되었다.

그걸 보고 당황하는 나와는 달리 고서방이 간결하게 내려준 결론은, 프랑스인은 서로 지적으로 보이려고 싸우고 이탈리안은 서로 더 웃기고 멋있게 보이려고 싸운다고.

프랑스인과 이탈리안은 서로 상반되는 경우가 많은데 고서방은 이탈리아 혈통의 프렌치라 그 차이를 정확히 알고 있다. 이탈리안은 과시욕이 심해 고급품에 가진 돈을 다 쓰는 경우도 허다하지만 프랑스인은 돈에 있어 조심스럽다. 그들은 물건에 많은 돈을 들이기보다는 여행과 여가를 위해 소비를 한다. 이탈리안은 되도록 로고가 크고 화려한 패션을 선호하고, 프렌치는 남들이 대부분 다 아는 브랜드보다는 디자이너 부티크의 패션을 선호한다.

프랑스인은 비판을 달고 살고 이탈리안은 불평을 달고 산다는 우스개 소리도 있다.

프랑스인이 좋다는 건 정말 좋은 것

프랑스인이 미국인을 그다지 좋아하지 않는다는 것은 사실이다.

나는 '친절하다'라고 부르고 싶은 미국인의 상냥함을 프렌치들은 '위선적, 가식적이다'라고 한다. 미국인의 사교적이고 유쾌한 'reaction'을 프렌치는 '이상하고 과장된 것'이라 부른다.

언젠가 텔레비전 쇼에서 하는 전형적인 프렌치 코미디를 보게 되었다. 마침 미국인을 희화한 콩트로 청중들의 박수갈채와 폭소를 이끌어 낸 성공적인 프로였다. 두 남자가 무대에서 각각 프렌치와 미국인을 연기 중이었고, 프렌치를 맡은 코미디언의 독백으로 시작되었다.

프렌치 : 난 비즈니스 때문에 뉴욕을 방문 중이야. 저기 미국 협력자가 오는군.

미국인 : What's your name?

프렌치 : 장 프랑수아라고 하오.

미국인 : Wow!!

프렌치 : 난 내 이름이 그토록 감탄스러운 이름인줄 처음 알았어.

청중 일제히 폭소.

미국인 : What did you have for lunch?

프렌치 : 맥도날드 햄버거를 먹었소.

미국인 : Wow! amazing!

프렌치 : 맥도날드는 원래 미국 것 아니었나? 도대체 뭐가 놀랍단 거지?

청중들 더욱 폭소.

미국인 : How long will you stay in N.Y?

프렌치 : 4박 5일 일정이오만.

미국인 : Wow! fantastic!!

프렌치 : 미국에선 4박 5일 일정이 가장 이상적인가 봐!

청중들 숨이 넘어가게 웃어대는 중.

미국인의 오버액션과 프랑스인의 전형적으로 받아들이는 형식을 희화한 이 코미디를 보는 순간 어느새 두 국민의 특성을 어느 정도 아는 나도 폭소를 터뜨리고 있었다. 프랑스인이 '좋다'고 하는 것은 '정말 좋은 것'이다.

우리 아이들 전공필수는 한국어

미국과 프랑스를 오가며 생활하다보니 특이한 일상도 겪게 되고 여행도 많이 하게 되어 인터넷 상에서 내가 있는 곳에 여행을 오거나, 생활을 하러 오는 같은 동포들에게 조금이나마 도움이 되는 정보와 지식을 전달해 왔다. 외국생활을 한없이 낭만적인 것으로 그린 것도 아닌데 많은 사람들이 이면보다는 그저 단순히 외국에 산다는 사실 하나만을 두고 막연히 부러워하기도 한다.

하지만 외국에서 산다는 것은 그리 녹록치 않으며 의외로 책임감과 사명감도 가져야 바람직하다고 감히 말하고 싶다. 이곳에서 소수민족인 나는 프랑스 사람들에게 한국인이면서 또한 한국을 대표하는 사람으로 비춰지기도 한다. 너무 거창하게 들릴지라도, 사실 내가 조금 지저분하던지, 공중도덕을 지키지 않는다던지, 교양없이 행동하면 그들은 바로 한국인은 저렇다고 나쁜 인식을 쉽게 가질 수 있기에 한국에서 살 때보다 더 조심하고 신중하게 지내야 한다.

내 모국어를 마음대로 사용하지 못하고 지내는 것, 내가 좋아하는 한국음식을 마음껏 먹지 못하는 것, 아파도 한국식으로 온돌방에 누워 땀을 빼 몸을 낫게 하지 못하는 것, 가끔 바람 쐬러 올라가던 친근한 뒷산이 없다는 것, 비가 오면 엄마와 깔깔대며 같이 수제비를 먹을 수 없다는 것, 무료한 날 친구와 만화방에서 쥐포를 먹으며 하루 종일 소일 할 수 없다는 것, 장마철에 떨어지는 비를 보며 허름한 돼지 갈비집에서 오래된 친구와 소주 한 잔 할 수 없다는 것. 이런 ‘사소한 것’ 들이 때로 얼마나 나를 외롭고 지치게 하는지는 이루 말할 수 없다.

선택한 삶을 사는데 당연히 따르는 희생과 고통이라 여기며 지낼지라도 어느 가을비가 오는 아침 프랑스어 수업을 들으러 전철을 기다리는 동안 갑자기 얼굴에도 비가 내린다. 쌓아두고 무시했던 향수와 외로움은 낯선 파리의 비와 함께 섞여 어느새 내 눈가에도 내리고 있었다. 이런 외로움조차 조금은 즐길 자신이 있다면 또 다른 삶을 외국에서 시작해 보는 것도 나쁘진 않다고 조심스레 권해본다.

단, 외국생활의 기본은 '언어습득'이다. 아무리 본국에서 지성인이고 똑똑했더라도 현지 말을 못하는 순간부터 당신은 바보 취급을 받게 된다. 그 취급이 부당하고 억울하여 자존심이 엄청나게 상하고서야 당신의 언어실력은 급성장을 하게 된다. 새로운 언어를 익히고, 관습을 익히고, 제도를 익히는 것이 수고롭지 않고 즐거운 것이어야만 당신이 새로운 땅에서 하는 도전이 미래가 밝다고 전망할 수 있을 것이다.

아이들이 3개 국어 가능자로 자라겠다고 부러워하는 또래의 엄마들도 많다. 물론 내 아이들이 장성하여 마침내 3개 국어를 자유자재로 구사하는 시간이 온다면 그들은 분명 남들보다 강한 무기를 쥐고 있는 것이 맞겠으나 그 '과정'은 생각보다 훨씬 힘난하고 거칠다. 남편과 나는 각자의 애국심에 발로한 자신만의 욕심으로 사실 아이들에게 3개 국어를 강요하고 있는지도 모른다. 나는 내 아이와 내

나라말로 아무 무리없이 자유롭게 소통하고 싶다.

그래서 아이들에게 한국어를 열심히 가르치고 있고 남편도 마찬가지다. 아직 어리디 어린 아이들에게 한 사물마다 전혀 다른 세 가지 이름을 외우게 하는 것은 사실 '고문'에 가까운지도 모른다. 모질지도 모르지만 제발 이 아이들이 그 고통을 즐겁게 받아들여 주길 바라면서 같이 돕고 있다.

내 아이의 알이 다른 아이들의 것보다 두껍고 무거워 깨지기까지 기다리는 시간이 길지라도 나는 사랑하는 대한민국 국민으로서 내 아이가 한국어를 할 수 있어야 함은 선택사항이 아니라고 여기기에.

Chapter 01

사랑에 게으른 자들에게도 인연은 있다

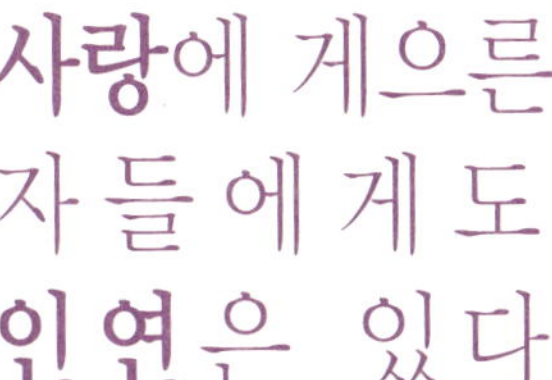

사랑에 게으른 자들의 변명은 '사는 게 바빠서'라고 한다. 힘들수록, 바쁠수록 챙겨 먹을 수 있는 약은 사실 '사랑'이란 것을, 그들은 모르고 있다.

당하고도 즐거운 구속은 '사랑' 한 가지다.

사랑에 게으른 자들에게도
인연은 있다

대학을 나와 직장을 다니다 갑자기 오르고 싶은 봉우리를 바꾸는 바람에 가파른 등산로를 오르게 된 나는 혼자 열심히 걷기에도 힘이 들어 옆에 누군가를 둘 생각을 해보지 않았다.

나는 나름대로 원대한 꿈을 가지고 LA 의류회사에서 새 브랜드 론칭 디자이너로 근무하고 있었다. 늦은 나이에 미국을 왔고, 학교를 졸업한 이후 한 분야에서 경력을 쌓아오던 일을 그만두고 전혀 동떨어진 길을 걷게 된 터라 내게 사랑, 연애 이런 호사스런 세계는 멀디먼 그곳이었다. 그저 미국 생활에 적응하고 성공하여 내 이름을 건 브랜드를 내는 것이 나의 유일한 목표이자 꿈이었다.

거의 혼자 브랜드 개발을 하고 있는 실정이었기에 원단 업체부터 염색공장까지 시행착오를 거쳐 가며 조사하고 업무를 추진해가야 했다. 더군다나 미국에 온지 얼마 되지 않았을 때라 밤에는 언어공부를, 낮에는 디자인이며 시장조사에 매달렸던 시기였다. 시간을 허투루 쓰지 않으려 노력하면서 치열하게 살았지만 그런 내가 게으른 딱 한 가지 분야는 '사랑'이었다.

한편 그 당시 고서방은 영국에 있는 포토 에이전시에 소속된 사진 기자로 LA에서 파견근무를 하던 중이라 그도 금방 뜨게 될 미국에서 인연을 찾고자 하는 의지는 없어 역시 '사랑' 에 있어서는 게을렀다.

때는 2008년 어느 봄날. 고서방과 나는 하우스 메이트로 만났다. 할리우드 싸인 탑 바로 밑동네에 있던 그 집은 고서방과 그의 프렌치친구가 함께 살고 있었다. 고서방의 키 185센티미터, 그 친구의 키 190센티미터. 처음에 집을 알아보러 방문했을 때 순간 나는 갑자기 거인국에 온 듯 싶었다. 고서방은 이탈리아계 프렌치다. 유럽 사람들은 우리가 그들을 아는 것보다 훨씬 미미하게 우리의 존재를 아는 경우가 많다. 처음 만났을 때 한국인이라고 소개하니 다짜고짜 "So how is 김죵일?" 이라고 물었다.

나중에 안 사실이지만 프랑스에서는 한국을 '남한' 과 '북한' 으로 구별하기보다 '인민공화국' 과 '민주공화국' 으로 구분해 많은 사람들이 헷갈려 하는 것이라고 한다.

두 거인과 작은 한국 여자,
셋의 이상한 동거

그렇게 하우스 메이트로 두 거인 남자와 작은 한국 여자, 셋의 이상한 동거가 시작되었다.

사실 아무리 미국이라 해도 여자 혼자 남자 둘이 기거하는 집에 메이트로 들어가는 것이 일반적이지는 않으나 그 당시 나로서는 피치 못할 사정이 있었다. 50파운드가 넘는 허스키 암컷과 중형견에 속하는 또 다른 수컷을 키우고 있었는데, 미국이라면 무조건 개를 환영할 것이라는 예상과는 달리 덩치가 큰 개 두 마리를 데리고 아파트를 구하기란 나이 60에 초산하는 것만큼 힘든 일이었다. 그나마 LA에서 좀 많이 떨어진 곳에서는 쉽게 개도 받아주는 아파트를 구할 수 있긴 하나 출퇴근 왕복 3시간이 족히 되는 먼 곳에 살다간 피곤에 절어 제명에 못 죽을 것 같았다.

그나마 1층과 2층을 분리하여 2층은 그들이, 1층은 나 혼자 지내게 되어 나름대로 사생활 보장이 되는 편이었고, 낯선 곳에 혼자 있는 것은 아니라서 시간이 지나니 오히려 조금 안심이 되는 부분도 있었다. 게다가 전구도 갈아주고 떨어진 액자도 달아주고 외국인 머슴 둘을 데리고 사는 기분도 들어 나쁘지 않았다.

같이 지내기 시작하면서 그의 친구보다 고서방에게 갈수록 마음이 끌리기 시작했다. 그런데 거의 말하는 걸 한 번도 본적이 없을 정도로 조용한 인간이라 도통 속을 알 수가 없던 차, 그 집은 구조가 이상해서 세탁실이 내 방 옆에 붙어 있었는데 세탁을 하려면 인간들이 모두 내 방을 지나야만 했고 고서방이 매일매일 세탁실을 가는 핑계로 내 방을 들락거리기 시작했다. 그래서 난 내심 그도 나를 좋아하는 것임에 틀림없다고 확신하기 시작했는데 훗날 그에게 들어보니 당시엔 옷이 몇 벌 없어 매일 빨래를 해야 하는 실정이었다고.

칠복이가 맺어준
작은 기적의 시작

그 즈음 내가 기르던 개 '칠복이'는 조금 심각할 정도로 멍청해서 놀래거나 혼이 나면 그 자리에서 실례를 하는 고질병이 있었다. 바로 그런 점 때문에 한국에서 다른 가정에 입양을 못 시키고 미국까지 데리고 오기도 한 거지만, 당시 칠복이 나이는 방년 8세였는데 사실 이 나이면 똥오줌을 가릴 뿐 아니라 똥오줌의 시간도 컨트롤 할 줄 알아야 할 나이가 아닌가.

어느 날 밤에 여느 때와 마찬가지로 내 개들이 고서방의 방에 자리를 깔고 누워 있었다. 매번 너무 미안한지라 개들을 데리러 갔는데 칠복이는 고서방 침대 위에 고서방과 함께 드러누워 같이 공포영화 시청 중이었다. 침대 위에 있는 것도 너무 미안하고 이름을 천만번 불러도 들은 체도 안하는, 충성심 제로 애견에게 무척 화가 나 성질 같아선 한 대 쥐어박고 싶었지만 칠복이가 그 자리에서 실례를 하는 우를 범할까 두려워 미적거릴 수밖에 없었다.

고서방은 보고 있던 공포영화에 관심 있어서 미적거리는 줄 착각하고 같이 영화를 보지 않겠냐고 친절하게 권했다. 거절하기도 무안하고 그를 살짝 좋아하고 있기도 했던 터라 마다 않고 엉덩이를 침대에 걸쳤는데 재미도 없는 영화에 집중은 절대 안 되고 머리 속으로는 계속 저 칠복이놈을 어찌 끌고 내려가나 궁리 중이었다. 그런데 갑자기 고서방이 내 쪽으로 몸을 옮겼고 난 그가 리모컨이라도 집으려나 하고 무방비였는데…….

그렇게 사랑에 게으른 두 남녀를 보다 못한 신이 한 집에 기거하게 배려를 해 다행히도 긴 인생이라는 등산로를 함께 오르게 된 작은 기적은 그날 밤부터 시작이 되었다.

외국인과 결혼하는 게 한국 남자와 결혼하는 것보다 훨씬 좋을 것 같다구요?

그렇지 않아요.

그냥 어떤 한 남자와 결혼을 하는 자체가 굉장한 모험이고 도전의 연속일거에요. 국적이나 인종으로 사람을 구분할 순 없어요. 한국 남자 중에도 소지섭 씨처럼 외국인보다 잘생긴 분도 많고, 집안일 다 분담하고 아내에게 절대 무거운 짐 못 들게 하는 멋진 분도 많듯, 백인 중에도 집에 들어오면 소파랑 합체해서 물 한 잔 자기 손으로 안 먹으려고 하는 한심한 남자도 많거든요.

그러니 외국 남자든 한국 남자든 그냥 남자에 대한 환상을 버리세요.

나를 가슴 뛰게 하고, 착한 심성에 자기 일에 야망이 있는 남자라면, 일단 잡고 웬만한 건 살면서 고쳐가기로 해요. 맞는 사람 찾는 게 중요한 거지 미리 외국 남자든 한국 남자든 외모, 조건 다 정해두고 그러고서 사람 찾다가는 눈앞에 다가온 내 짝을 그냥 흘려보낼지도 모릅니다.

회전 초밥집 스시는 이번 판에 안 집어도 돌다가 다시 앞으로 오기도 하지만 사람은, 사랑은 그렇지 않아요.

Chapter 02

극과 극의 두 남녀, 같아질 순 없어도 가까워지기

남자와 여자는 때로 같은 자리에서 정반대의 곳을 보고 있다. 서로에게 익숙해진다는 것은 마침내 같은 방향을 바라보는 것이라기보다는 '다름'을 인정하고 같은 자리에 있는 자체를 즐기게 되는 것이다.

고서방 귀는 팔랑귀

고서방의 지름신은 진짜로 24시간 시도 때도 없이 찾아온다. 어느 날 밤은 자다가 'I need smaller one!(좀 더 작은 거)'라며 생생히 잠꼬대를 하는데 꿈속에서도 뭘 그리 열심히 사는 중인지, 신용카드고 체크카드고 다 압수해서 고작해야 별다방(한국에서도 유명한 스타 무슨 무슨 커피브랜드를 말함) 커피에 감사할 신세로 만들어놔 안심하고 지냈다. 돈이 없으니 쉬는 날에 쇼핑몰도 잘 안가고 인터넷으로 아이쇼핑만 죽어라 해대던 고서방 어느 날부터인가는 홈쇼핑에 빠졌다.

어쩜 그리 나오는 제품마다 좋은지.

"아 저거 진짜 필요한 거네."

"저거 하나면 생활이 윤택하겠는 걸?"

"저게 없으니 우리가 이리 고생을 하는 거야."

"저 걸레 하나면 내가 청소를 얼마나 잘할 수 있을까?(네가 언제부터 그리 청소를 잘했더냐, 그리고 마트 갈 때마다 신식 걸레라며 주워온 것만 지금 천장 다락에 수북하다. 그리고 보니 내 남편의 취미는 걸레 모으긴가? DVD 모으기도 있고, 고무장갑 모으기도 있으며, 벌레 퇴치용 스프레이도 집에 열 몇 개, 강력한 접시 닦기용 수세미도 8개. 문제는 이걸 쓰고 새로 뜯고 하는 게 아니라 한꺼번에 일시 오픈해 이거 썼다 저거 썼다 한다는 거. 그날그날 기분에 따라 오늘은 샬랄라 하니 분홍색을? 오늘은 욕먹고 꿀꿀하니 초록색아 니가 도와주련? 하는 식이다. 풋라커 – 미국 대형 쇼핑몰마다 있는 보급형 신발 가게 – 에서 바이 원 겟 원 하는 운동화 사 모으기, 차량 액세서리 모으기, 개 공모으기, 아기 양말 사모으기(인간아 애 양말이나 한 번 제대로 신겨봐라) 등 일일이 열거하자면 밤새 읊을 수 있을 정도)

"혁 저것 봐. 저 초록 봉지 하나면 토마토를 거꾸로 키워 먹을 수 있어!(혹시 홈쇼핑에서 보셨나요? 신기하긴 합디다) 난 이탈리안! 프레시한 토마토가 필요한 민족이지(근데 너 주식은 오징어볶음이더라?)."

심지어는 한국 방송까지 섭렵하면서 제대로 알아듣지도 못하는 한국 홈쇼핑을 눈에 조명켜고 보고 앉았다. 어느 날은 햅쌀을 특가세일 한다는 광고가 나오니까 햅쌀이 뭔지 아는 그런 심오한 경지는 아닌지라 눈이 휘둥그레져서 한국 방송은 쌀도 판다고 놀라워 하길래 저건 햅쌀이라는 것이다, 맛이 더 좋긴 하다고 알려줬다. 그랬더니 집에 쌀이 20킬로그램이나 있는데도 자기도 늙어가는 마당에 쌀이라도 '젊은 거' 먹자고 저녁 내내 졸라댔다.

고서방은 정말 세상에 광고가 왜 존재하는지를 살아 증명하는 인간, 팔랑귀도 이런 팔랑귀가 없다. 게다가 홈쇼핑이 시작되면 광고 시간 내내 진행자에게 순식간에 감정이입되어 같이 쉴 새 없이 떠들며 흥분상태로 미쳐 날뛰는 통에 귀찮아 죽겠다.

방송 : 이거 봐라! 이 공구 하나면 빌빌거리는 약골이라도 살짝만 손만 대면 이렇게 샤워 꼭지가 딱 떨어진다! 봐라 봐라! 신기하지? 갖고 싶지? 전화를 해야겠지?

고서방 : 저거 봐라 저거 봐라! 저 공구 하나면 내가 힘들이지 않아도 샤워 꼭지를 바꿔 달 수 있겠지?(아니 샤워 꼭지 갈아 낄 일이 그리 자주 있는 일인가?) 진짜 신기하다. 갖고 싶다. 전화기 어딨노?

저런 식으로 방송이랑 주고받고 대답을 하면서 무슨 따라 읽기도 아니고, 방송 한 번 고서방 한 번 똑같은 문장을 내 머리에 세뇌시키려고 난리 법석이다. 그런데 좀 떠들어 댄다 해서 어차피 가지지도 못할 거고 자기 에너지 스스로 방전하든 말든 그거 가지고 싸우기도 뭣해서 그냥 방관 중이었는데 드디어 일이 터졌다.

어느 날의 홈쇼핑 시간, 처음부터 포스 강렬한 광고 시작(그만큼 유치찬란한 광고란 말씀). 땅딸막하고 익살스럽게 생긴 남자가 동전으로 차 옆구리를 '찌익~~'(진짜 듣기 싫은 소리, 학교 다닐 때도 무조건 제일 싫은 선생님이 분필로 칠판 삑사리 자주 내는 선생님이었다) 그으면서 등장했다.

배경은 동네 공용 주차장. 땅딸막한 말썽꾸러기 모습의 주인공 남자는 필시 공장 주인일거고, 그 공장 주인 친구가 8미리로 찍은 듯한 저질 화면의 광고였다. 이어 주인공 신난 표정으로 놀랐냐며 오버 액션한다(그래 놀랐다, 왜 시작부터 심장 긁는 소리 내고 난리야!). 슬쩍 봤더니 이미 옆에 고서방은 "오오~ 왜 저래, 왜 저래~ 어쩔라고 저래!"라며 리액션에 불이 붙었다. 누가 들으면 우리가 스릴러나 하드 액션 무비 시청 중인 줄 알게 생겼다.

마치 고서방이랑 통화라도 하는 것처럼 방송의 그 남자, 걱정을 말라며 안심을 시킨다. 이에 고서방 한숨 돌린 듯 진짜로 가쁜 숨을 내몰아 쉬고, 환장할 노릇이다. 어떤 영화보다도 홈쇼핑 몰입이 기차게 잘되는 인간, 홈쇼핑의 남자 기다렸다는 듯 기적의 프로덕트 소개 시작한다. 물약 같이 생긴 걸 쓰윽 바르니까 흠집이 감쪽같이 없어지는 마술을 선보였다. 고서방 박수를 치며 외치기 시작했다.

"바로 저거, 기적의 제품, 내가 저걸 기다렸다."
"번호가 뭐라고? 번호도 쉽다! 에잇 원 에잇~ 지로 지로 지로~ 원 에잇 나인 에잇(진짜 번호 아니고 이런 식이었다는 말씀)."
"지로 지로 지로~ 원 에잇 나인 에잇(반복 학습)."
"Ok! I can remember that number forever. Super easy!(난 저 번호 평생 외울 수도 있겠다. 진짜 쉽네)"
"Even their number is easy! They are good!! Really really good!" (저 땅딸보랑 그의 친구 카메라맨이 훌륭하다고?)

이러면서 자리에서 벌떡 일어나 아예 기립박수를 친다. '내가 저걸 기다렸다'고? 나의 촉은 그 문장에 날카롭게 내리 꽂혀 떠나질 않았다. 그때 당시 고서방의 차는 우리가 LA에 도착하자마자 뽑은 완전 새 차였다. 그런데 도대체 왜, 어찌하여 저걸 기다린 건가? 그러고 보니 내가 최근에 저 인간의 차를 자세히 본 적이 없다는 사실이 떠올랐다.

박수 치느라 정신 못 차리고 벌떡 일어나 있는 인간의 뒤편 카우치를 밟고 서서 급작스럽게 목조르기 기술에 돌입, 애가 자고 있으니 우리 큰소리 내지 말고 조용히 해결하자고 귀에 속삭였다. 고서방은 그 와중에도 간지럽다고 낄낄대며 사태 파악을 못하고 있었다. 이미 뱉은 말, 아니라고 해봐야 내가 플래시 들고 차고로 뛰어 갈 거 잘 아는 고서방은 방금 그 해피한 표정은 간 데 없이 울상을 지었다.

사실은 2주 전에 옆구리를 긁었다는 것.

"얼마나 긁힌 거야."

"그렇게 심한 거 아냐……."

"어디 기어 들어간 데는 없어?"

"아마 없을껄?(진짜 마음에 안 드는 답변. 긁어 놓고 별로 신경도 안 쓴 것이 분명)"

자는 애는 까먹은 지 이미 오래고 드디어 분노 폭발했다.

"누가 긁었어!(옆집 미구엘 씨가 얼결에 '내가 한 거 아니다'라고 대답할 정도로 크게 소리 질렀음)"

"내가……."

흥분하다가 정신 차리고 보니 그 땅딸보가 전화번호를 마지막으로 외치고 우리의 전화를 지금 바로 기다린다며 눈웃음도 다정하게 작별인사를 하고 있는 걸 보았다.

"빨랑 전화해! 저 기적의 프로덕트 사자, 사자. 어서 사자."

이번엔 다급해진 내가 막 애절하게 소리쳤다.

고서방 신나서 소파에서 책상 위 전화기까지 축지법으로 딱 두 걸음 만에 도달, 그 와중에도 기적의 프로덕트라며 "오 인크레더블~ 땡스 갓~ 메르씨!" 연발하면서 전화기를 자신 있게 뽑아 들었다.

그런데 돌아오는 고서방의 모습이 심상치 않다. 전화기 찾으러 갈 때와는 달리 걸음을 꼼꼼하게 밟고 있다. 시선은 전화기에 고정한 채 얼굴에선 수학문제 푸는 진지함과 고뇌가 엿보였으며, 손가락을 키패드 위에서 열심히 놀려대는걸 보니 이미 아리까리를 넘어서서 이 번호도 맞는 듯, 저 번호도 들어본 듯한 경지에 도달한 상태.

이미 눈치 채고도 남았지만, 혹시나 한 번 물어보았다.

"인간아. 너 전화번호 까먹었지?"

"……."

하긴 마누라 생일도 물어볼 때마다 달리 답하는 인간 – 이건 날짜 틀리는 수준이 아닌, 달도 지 맘대로여서 나를 여름에 낳았다가 겨울에 낳았다가 함 – 그 인간이 급흥분상태에서 그리 쉽다며 떠들었던 숫자를 기억하길 바란 나를 자책했다.

그 후 우리 둘은 홈쇼핑 광고가 나오면 눈이 뻘개서 그 광고 다시 안 나오나 열심히 본다. 광고 시작하면 오예오예 광고다, 그 땅딸보 마술사 나오나 잘 봐라, 졸다가도 벌떡 일어나서 집중모드로 접어든다. 어느덧 말썽꾸러기 마냥 짓궂게 생긴 땅딸보가 그리워 상사병 날 지경.

그때그때 달라요 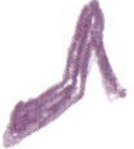

고서방은 이름 노이로제가 있다. 특히 미국 사람들은 고서방 이름을 재까닥 못 알아듣기 때문에 이름을 여러 번 말하는 걸로 자주 스트레스를 받는 편이다.

연애 초 고서방과 별다방을 갔다. 직원이 주문을 다 받고 물었다. "이름은?" 고서방 내가 옆에 있는데 아무렇지 않게 "제프리."
나도 뭐 그리 정직하게 사는 건 아니지만 가명을 써본 적은 없는지라 뭐냐는 듯 쳐다봤다. 이름이 어려우니 그냥 쉬운 이름 대는 거라고 한다. 그럴 거면 쉬운 이름 하나 정해두고 주구장창 그걸 써야지, 고서방은 갈 때마다 이름을 바꾼다.
그날그날 기분에 따라 하루는 '스티브', 하루는 '샘'이라며 매일매일 다른 사람으로 살아가는 것 같아 신난다며 좋아했다. 이 인간은 좀 더 진지하게 연구할 대상임이 분명하다.

그날도 역시 별다방을 갔다. 줄이 다른 때보다 길었다. 드디어 고서방 차례.

직원 : 이름은?

고서방 : 톰.

직원 되묻기 절차 없이 바로 : 가릿!

줄이 길었던 탓에 커피 나오는데도 한참 걸렸다. 근데 자꾸 아까부터 직원이 "톰, 톰, 톰! 따뜻한 소이(두유) 넣은 아메리카노 나왔다!! 따뜻한 거 넣었는데 식어 간다!!"고 여러 번 애절하게 소리쳤다. 가만, 톰? 맞다! 이 인간이네. 고서방한테 "당신 부르잖아" 했더니, 고서방 왈 "저기선 톰 부르는데, 난 제프리야."

못살아 인간아, 제프리는 어제 이름이고 오늘은 톰이라며 네가!

요즘은 별다방을 가면 고서방이 애를 보고 있고 내가 주문을 하러 가곤 한다. 내 이름 역시 만만치 않다. 프랑스 이름, 한국 이름 다 잘 못 알아듣는 게 다반사이다. 고서방이 왜 인생 피곤하게 사냐며 갈 때마다 자꾸 내 이름도 지어주고 있다. 최근까지 내 이름은 신디였다.

마음만은 고맙게 받을게

고서방과 내가 미친 듯 좋아하는 레스토랑은 무조건 뷔페. 고서방은 양대로 배터지게 먹을 수 있어 좋고, 나는 내 음식 고서방에게 뺏기지 않아도 되므로. 하지만 프랑스는 미국에선 흔한 'all you can eat'을 눈 닦고 봐도 찾을 수가 없다. 하긴 새 눈물만큼 먹어도 진정 맛을 즐겨야 먹은 것으로 치는 프랑스인의 미각에 질은 그냥 그런 수준의 중식, 양식, 일식이 마구 섞인 배불리 먹는 뷔페가 먹힐 리 없으니.

세상에서 음식 가장 맛있는 나라가 중국이랑 프랑스라는데 어찌 내 이 촌스러운 입맛에는 그다지도 안 맞는지, 처음부터 입에 맞지 않는 음식들 때문에 심히 당황하게 되었다. 게다가 아기 가지고 입덧을 시작하니 먹을 수 있는 거라곤 과일 아니면 아이스크림이 전부였다. 임신한 여자가 피골이 상접해 가니 애 엄마도 엄마지만 뱃속에 아기 어찌 될까 고서방도 안절부절이었다.

대체 뭘 갖다 주면 좀 먹겠느냐고 수시로 묻곤 했다. 그나마 먹던 크로와상도 완전히 물리고, 피자, 햄버거는 원래 좋아한 적이 없고, 땡기는 건 김치찌개지만 불가능하고, 길거리에 널린 크레페는 정말 나랑은 맞지 않았다(그나마 파리는 한국 음식도 구하기 쉽고 한식당도 꽤 있는 편이지만 니스에선 하늘의 별 따기). 그러다 겨우 찾아낸 것이

스시!

그런데 양은 정말 새 눈물만큼이고 가격은 엄청나게 비쌌다. 미소 수프 하나만 5유로(약 8불), 10피스짜리 가장 싸구려 오이 스시(진짜 흰밥에 김 둘러놓고 맨 가운데 오이만 박았음. 절대 생선 그림자도 없는)가 15유로(20불 정도). 어느 정도 먹으려면 30유로짜리는 시켜야 하는데, 당시엔 금전난에 시달리던 때라 고서방이 자기는 다른 거 먹어도 된다며 내 것만 매일 배달을 시켰다.

그나마 신선한 생선은 꿈도 꿀 수 없었고 고작 연어 아니면 참치에 가끔 생선알 종류였다. 하루에 스시로만 30유로씩 쓰는 건 우리 처지에 무리라는 생각에 스시가 물렸다고 거짓말을 했다. 그리고 다시 과일, 쉐이크, 아이스크림으로 연명하고 있는데 하루는 고서방이 자기 친구가 니스에 왔으니 구경을 시켜 주고 오겠다고 하는 것이다.

그날 저녁 늦게서야 도착한 고서방. 얼굴을 보니 무슨 불난 집에 호떡만큼 벌겋게 잘도 익어 있다. 친구랑 해변이라도 싸돌아다녔나 은근히 심술이 났는데, 땀나서 찐득찐득한 손으로 스시 도시락을 건네는 것이다. 그것도 어느 정도 구색이 잘 갖춰진 고급 스시 도시락이 아닌가?

혼자만 논 게 미안해서 스시를 사왔나 보다 하고 맛있게 냠냠 잘도 먹었다. 돈은 어디서 났지? 친구가 사줬나? 대충 그러려니 하고 귀

하디 귀한 캐비어 스시를 마구마구 입에 넣었다. 다음 날도 고서방이 스시를 사 줬다. 이틀 연속으로 비싼 스시를 사서 안기니 아무 말도 안 하고 먹는 것은 불가능했다. 돈이 어디서 났냐고 따졌더니 옷 속에 넣고 깜빡했던 돈을 찾았다며 허둥대는 폼이 좀 이상하긴 했지만 그래도 맛있으니 넘어갔다.

그 다음 날도 또 스시를 사온 고서방. 절대 불가능한 일이기에 이번에는 정색을 하고 따졌다. 고서방의 특징 중 하나는 거짓말을 하면 금방 나타난다는 것. 얼굴에도 티가 나고 행동도 완전 오버, 연기를 못해도 그렇게 못할 수가 없다. 우물쭈물하더니 실토하기를 친구가 놀러온 건 거짓말이고 동네 어귀에 새로 생기는 빌딩에 유리 끼우는 일하고 일당으로 150유로를 받았다고 한다.

그걸로 3일을 내 스시봉양을 한 것이다. 듣자하니 처량 맞기도 하고 남편이 불쌍해서 울었다. 게다가 임신 중 호르몬의 영향도 한몫해서 목 놓아 꺼이꺼이 울기까지 했다. 고서방은 이제 3일 다 먹어서 내일은 못 사준다며 울먹거렸다(청승 커플). 그래도 나 스시 먹이려고 막노동 뛴 남편이 너무 사랑스럽고 고마웠다.

그런데!

다음 날 공사 중인 빌딩 매니저로부터 전화가 왔다. 고서방이 유리 하나를 깨먹고 깨진 채로 몰래 끼워 두고 날랐는데 그걸 발견한 것. 결국, 그간 손대지 않았던 미국 통장계좌에서 내가 먹은 스시 값보다 많은, 230유로를 인출해서 유리 값으로 물어줘야만 했다.

Still, I love you

내가 처음 고서방과 연이 된 LA의 그 할로윈 하우스(?)에 방을 보러
갔을 때 우연히 마주친 그의 등에서 후광을 보고 반하게 되었듯, 언
젠가 그가 고백하기를 그 더운 여름 캘리포니아 날씨에 땀 한 방울
안 흘리고, 깔끔하게 화장하고 단정한 차림을 했던, 자그마한 한국
여자가 불편한 표정으로 막 자리를 뜨려 하던 그 순간에 혼자 사랑
에 빠지게 되었노라고 했다.

친절하게 웃고 있는 것은 아니었지만 불편한 호의(그때 190센티미터
프렌치 거인이 한사코 기름 뜬 에스프레소 한 잔으로 나를 붙잡고 있었기
에)를 냉정히 뿌리치지 못하는 그 모습이 귀여웠다고 했다.

남자와 여자가 첫눈에 반하는 데에는 3초라는 시간밖에 안 걸린다
는 이야기를 들은 적이 있다. 그 3초 만에 느낀 짧은 감정의 도박으
로 이후 몇십 년을 사는 부부도 많다. 우리도 그 중 하나겠지만, 맞
춰 나가는 과정도 초반엔 재밌었고 나와는 다른 그 사람을 이해하
려는 넓은 마음도 분명히 준비되어 있었던 것 같은데 해가 갈수록
어찌된 게 고쳐지지 않는 그 사람의 어떤 부분들이 차츰 거슬리기

시작했다.

어느 날, 내가 못 견뎌 하는 그의 단점들이 연속으로 나를 괴롭혔다. 아침부터 애 둘 뒤치닥거리 하느라 바쁜데 빨래통을 열어보니, 그렇게 하지 말라고 했건만 신은 양말 두 짝을 돌돌 말아 공처럼 만들어 넣어 놓은 것을 발견했을 때부터 그날 나의 신경은 극도로 예민해지기 시작했다.

곳곳에 아무렇게나 어질러져 있는 그의 물품들도 거슬렸고, 우연히 버려져 있는 카드 명세서를 보니 필요 없는 돈을 써댄 것도 화가 났으며, 그렇게 어젯밤부터 잊지 말고 챙겨가라고 한 중요한 서류는 놓고 가서 점심시간에 들러 다시 가지고 가는 것을 보고 거의 폭발 직전에 이르렀다.

저녁에 일을 하고 들어온 고서방이 들어오자마자 좋은 아빠이고 싶어 애들한테 밥 먹기 직전인데 아이스크림을 하나씩 안기는 것을 보고 드디어 하루 종일 별러온 전쟁을 선포했다.

"대체 왜 이렇게 사람이 지저분한 거야?"

무방비 상태에서 일격을 당해 당황했는지 눈만 깜빡거리다가 한단 소리가……

"I love you."

워낙 황당한 대답을 많이 하는 인간인지라 무시하고.

"내가 어제 분명히 그 서류 아침에 챙겨가라고 했지? 그것도 놓고 가고. 왜 내 말을 안 듣는 거지? 사람이 말을 할 땐 들어야 하는 것 아냐? 양말은 또 왜 그렇게 해놓은 거야? 내 취미가 더러운 양말 분해 하는 건 줄 알아? 난 뭐 시간이 남아돌아서 맨날 빨래하는 건 줄 아냐고. 쓸데없는 거 그만 사라고 했는데 그것도."

"I love you!"

"밥 먹기 직전인데 애들 입맛 떨어지게 아이스크림은 왜 물어보지도 않고 주는 건데?"

"I love you!!"

"내가 지금 장난할 기분으로 보여?"

꼭 놀리는 것 같아서 소리를 지르게 되었다.

가만히 쳐다보더니 말했다.

"난 네가 나와 많이 다르단 걸 알았을 때 좋았는데, 재밌을 것 같았고, 나를 좀 더 나은 사람으로 만들어줄 것 같았고, 네 기준엔 많이 부족하겠지만 난 그래도 처음보다 많이 바뀌었고 노력하고 있어. 앞으로도 난 노력할테지만, 내가 너와 같아질 순 없는 거야. 난 나니까. 그래도 난 널 바꾸고 싶어 하진 않잖아. 왜냐면 난 네가 나보다 나은 사람이라고 생각하거든. I married to you not because I loved you(난 너를 사랑하기 때문에 너와 결혼한 게 아냐)."

워낙 달변가니까 듣다 보면 입을 다물게 하는 그런 힘은 있다. 그런데 마지막 말에서 흠칫했다. 나를 사랑해서 결혼한 게 아니라구?

내 얼굴에 당황하는 기색이 나타나는걸 보더니, "I married to you

because I had confidence I would love you more and more day by day(난 널 매일매일 점점 더 사랑할 자신이 있어서 결혼한 거였어)"라고 한다.

말은 거기까지만 하고 나를 가만히 바라보고 있는 남편의 눈을 보니까 그 다음 말이 무엇인지 알 것 같아 부끄러워졌다. 그는 지금 눈으로 '나는 그렇게 매일매일 너를 더 사랑하는데 너는 왜 처음의 상냥한 모습은 없어지고 점점 나에게 불만을 쌓아가는 거냐'고 묻고 있다.

미안하다고 해야 하는지, 나도 여전히 당신을 사랑한다고 해야 하는지, 어떤 쪽도 선뜻 말을 하기엔 쑥스러워서 머뭇거리며 대치상태로 서 있는데 그 와중에 딸 둘이 아빠 다리 한쪽씩 붙잡고 매달리기 시작한다. 놀아달라는 애들을 "아빠는 엄마한테 지금 당장 중요하게 할 말이 있어, 잠깐만" 하며 애써 떼어내고 다가와 와락 안으면서 하는 말.

"Still, I love you."

힘든 연애, 실연에 아파하고 있다구요?

살면서 연애든 결혼이든 어느 정도 기간이 지나면 특이한 몇몇 빼고는 다들 매너리즘, 슬럼프, 권태기 겪기 마련입니다. 특히 힘든 연애 중이거나, 실연에 아파하는 청춘들이 많은데 먼저 연애 해볼 만큼 해본 연애선배로서 또 잔소리 한마디 할까 합니다.

실연에 아파하시는 분들, 제발 한 달 넘게 아파보고 그래도 계속 아프면 지병으로 진단하신 후 해결책을 찾아보도록 해요. 당장 헤어지고 아픈 건 진단하기 어려워요. 내가 먼저 못 차서 분한 건지, 아직도 그 사람 외모, 능력, 배경이 너무도 내 이상형이라 아까운 건지, 감히 나같이 예쁜 여자를 두고 나보다도 못난 여자한테 빠진 것이 억울한 건지, 당장 외로워 죽겠는데 다음 타자가 금방 나타나지 않아 속상한 건지, 정말 내 사랑인데 헤어져 죽도록 아픈 건지. 답이 무엇인지는 세월이 말해 줄 겁니다.

저의 우스꽝스러운 경험담 하나만 얘기할게요. 아주 파릇파릇하던 20대 초반에 한 남자를 만났습니다. 그때도 그랬고 지나고 봐도 사랑은 아닌데 워낙 출중한 외모와 넘치는 유머감각에 반해 사귀게 되었지요. 인기 만발이던 그가 나를 찜해주었단 것만으로도 참 어깨가 으쓱

했답니다. 9개월 정도를 사귀고 대한민국 남아는 모두 행한다는 성스러운 국방의 의무에 그가 응답을 하게 되었습니다. 뭐 그리 간절한 사랑도 아니었고, 워낙에 바지런하지 못한 여인인지라 공군으로 입대해 남들보다 더 긴 국방의 의무를 지고 있는 그에게 면회 한 번 가질 않았습니다. 입대 100일 후부터 꼬박꼬박 외박이며 휴가며 잘 나오길래. 그런 안일한 나의 태도가 우리 사이를 멀어지게 한 건지, 드디어 병장을 달면서 그 사람이 바람이 나더군요. 그걸 또 금방 알게 되더라구요. 견딜 수 없이 화가 났습니다. 지금 생각하면 당연히 바람 날만도 한데 그때는 내가 못해준 것은 생각 못하고 바람 난 그 사람만 나쁜 놈이라 생각했지요. 어쨌건 이별을 고할 겸 처음이자 마지막으로 면회를 갔습니다. 31가지 맛을 자랑하는 아이스크림을 사들고.

아이스크림 실컷 먹게 해준 다음에 바람 핀 것 다 안다고 담담히 말하고 이별을 고했습니다. 일단은 잡더군요. 그래도 싫다 하고 다시 시외버스 터미널로 와서, 어쨌건 실연한 여자답게 맥주 몇 캔을 샀습니다. 그날이 토요일인 걸 깜빡한 거죠. 보통 그 곳에서 서울까지는 한 시간 반 거리입니다만 너무 막혀 세 시간이나 걸리는 겁니다. 중간에 휴게 소도 없는데 말이죠. 일단 맥주를 버스 타자마자 막 마시면서 실연의 여주인공답게 눈물도 좀 흘렸는데 한 시간 반 넘어가니 실연이고 자시고 슬픈 것도 잠깐이고 방광이 터지기 직전인 겁니다.

다 소용없고 화장실 한 번만 가면 마구 박장대소 할 수 있을 것 같은데 죽어도 버스가 안 움직입니다. 초인적인 힘으로 방광에게 사정을 해가며 겨우 서울 터미널에 도착, 화장실로 냅다 뛰어서 해결하고 나니 세상이 다시 너무도 밝고 살만한 겁니다. 실연의 상처도 바로 치유되었어요. 제가 너무 단순한 걸 수도 있겠지만 세상은 우습지만 그럴 수도 있다는 것.

익숙한 것이 갑자기 변할 때 슬플 수도 있다

오분 이상 조용한 적이 없는 고서방이 이번 자기 생일날 아침 통 말이 없다. 이번엔 또 뭐냐. 어떤 벌금 딱지라도 받았나 내심 불안해졌다. 생일인 만큼 봐줄 테니 불어라, 이번엔 무슨 얼마짜리 티켓이냐 물었는데 그런 거 없다고 고개를 흔들더니 아침내내 묵언수행이다. 말 많던 인간이 말없으면 그거 참 괜히 신경 쓰인다.

고서방은 생일 때면 늘 우리가 아침에 미역국 먹듯 돌아가신 시어머니가 침대로 레몬 타르트를 직접 구워 대령 하셨다고. 프랑스 제과점에 늘 있는 기본 아이템 중의 하나인 레몬 타르트. 나랑 제과점을 갈 때마다 고서방은 언제나 자기 엄마 레몬 타르트를 얘기했었다. 하나 살까? 하면 항상 "우리 엄마 것만큼 맛있지 않아. 난 레몬 타르트는 밖에서 사 먹어본 적 없어. 엄마가 해준 것이 아니면 먹기 싫어. 엄마가 돌아가시면서 레몬 타르트도 사망했어"라고 비장하게 말하곤 했다.

그 맛이 하도 궁금해 하나 사먹어 본적이 있는데 무지하게 시고 달고 내 타입은 아니었다. 그런데 이번 생일 아침에 너무 우울해하길래 레몬 타르트가 생각나서 그러냐고, 내가 어떡해서든 배워서 해준다고 했지만 대답은 안하고 묵묵히 돌아서 있는데 왠지 느낌에 우는 것 같았다. 남자 자존심도 있고 모른 척 해줬어야 하는데 괜히 궁금해서 앞으로 가서 보니까 콧물 눈물 뚝뚝 떨어뜨리며 울고 있다.

어쨌건 나는 내 정성이 갸륵해서 우는 줄 알았는데 한 번도 안 나타나던 시어머니가 꿈에 나타났다고. 꿈에 고서방은 대여섯 살 된 말 안 듣는 애였고 시어머니는 생일이라고 아침에 레몬 타르트를 갖다 주셨단다. 고서방의 꿈 이야기에 듣는 나도 울컥 슬퍼졌다. 남편이 덩치만 큰 아이로 보이고 너무너무 측은하게 여겨졌다. 충동적으로 현금 백불과 함께 이백불 곱게 넣은 카드도 쥐어주고 그간 사고 싶어 죽는데도 비싸다고 딱 잘랐던 테니스화 결제 화면도 보여줬건만, 조용히 카드를 반납하는 고서방!

저 인간이 카드를 마다하다니! 현금도 그대로 책상 위에 올려놓고, 생일엔 일 안한다더니 일을 하러 나갔다. 하루 종일 애 둘이랑 씨름하면서도 계속 남편한테 신경이 쓰였다. 게다가 일하다가도 뻔질나게 문자 보내던 수다돌이가 문자 하나 없고 내가 보내면 단답만 하고. 하루종일 고민하다가 남편이 들어왔길래 저녁 뭐 먹을 거냐고 먹고 싶은 건 뭐든 만들어주든 사주든 한다고 했다. 그래도 여전히 자긴 밥맛도 없고 대충 빵이나 뜯겠단다. 한참을 궁리하다가 한마디 했더니 즉각 반응이 온다.

"차돌박이도 싫으냐?"

대답을 못함(좀 걸려든 거 같음).

"근데, 집에 없잖아."

"사러 가면 되잖아."

끌고 나가 차돌박이를 왕창 사와서 배부르게 구워 먹였다. 원래 귀찮아서 고기만 굽고 밥이랑 주는데 레스토랑처럼 친히 서빙까지 해 줬다. 상추, 깻잎, 마늘, 차돌박이 소스, 파절임, 임금님표 된장찌개, 햅쌀밥, 얼음 동동 띄운 콜라까지 풀 서비스로 고서방 식사 내내 완벽한 시중을 들어줬다.

어쨌건 거한 생일상 끝나고 다시 두 배로 말수 늘은 고서방. 역시 질량 보존의 법칙은 곳곳에 존재한다. 오전에 못다 채운 수다량을 자정까지 채우는데 어찌나 정신 사나운지 나중엔 속으로 이 인간 수다 다시 떨게 만드는데 얼마의 돈이 들어갔는지 계산까지 해 보았다. 어쨌거나 말 많은 고서방은 계속 떠들어야 내 맘도 편하다는 사실을 실감한 하루였다. 어쩌면 익숙한 어떤 것이 갑자기 변한다는 건 때론 슬플 수도 있다.

＿＿＿＿TV에서 본 고서방의 첫사랑

난 원래 남편의 과거가 궁금하지도 않고, 물어보기도 싫었다. 그 누군가의 과거란 '판도라의 상자'와 같은 것이라는 생각 때문이었다. 궁금하다고 열었다가는 기분만 나빠지는 낭패를 볼 가능성이 농후하므로. 또한 내 '판도라의 상자'를 열어 보이기는 것도 싫다. 부부라도 공유할 게 있고 안할 게 있지, 내 추억은 온전히 내건데 왜 내가 그것까지 남편이랑 나눠야 하는 건가?

마침 시누이와 고서방 이렇게 세 명이 첫사랑에 관한 얘기를 나누는데 텔레비전에서 모 프랑스 향수회사 여성 CEO가 인터뷰하는 게 나오고 있었다. 얼굴에 딱 '나 프렌치 여성'이라고 써 있는 전형적인 파리 여성이었는데, 찔릴 듯한 코에 크리스마스트리 장식하는 금실같이 반짝거리는 금발, 속에 뭐가 들었는지 알 수 없는 오묘한 파란 눈, 평생 다이어트 종교에 심취했나 군살이라곤 없는 몸, 얼굴은 어찌나 작은지 한입에 먹을 수도 있을 것 같게 생겼다. 갑자기 시누이랑 남편이랑 말 못해 죽은 귀신들이 손잡고 화장실 간 것처럼 얼음상태로 옴짝달싹을 않는다. 그러다 시누이가 얼음을 깨치고 나와 '어!어!어!' 하며 손가락질을 시작했고, 고서방은 소파에서 불쑥 일어서면서 아까 먹다 남은 라자냐를 뜬금없이 데워 오겠다며 주방을 향하고……. 뭔가 불쾌한 기분이 들었지만 별로 신경 쓰고 싶진 않았는데, 눈치 마이너스 구단인 시누이가 고서방에게 소리쳤다.

"야야. 저 여인! 너랑 16살 때 런던으로 도망갔었던 걔지??"

난 세상에서 내가 별로 알고 싶지 않은 거 괜한 친절로 알려주는 사람이 제일 싫다. 그 무섭도록 세련되고 예쁜 여자가 고서방 첫사랑인 모양. 고서방이 20살, 그 여인이 16살일 때 둘이 연애했는데 그 여인

아빠가 너무 무서워서 무작정 가출해 고서방을 찾아왔다고 한다. 이후 둘이 손잡고 당돌하게도 런던으로 두어 달 여행 갔다가 다시 그 집 아빠 심복들한테 뒷덜미를 잡혀서 개 끌려오듯 끌려왔다는 아주아주 로맨틱한 스토리를 듣기도 싫은데 들었어야 했던 그날 밤. 순간 고서방 젊었을 때 런던에서 오토바이 몰면서 피자배달 한 적 있다고 하더니만 '그때 저 꼬꼬마 에미나이 먹여 살리느라 피자 배달했구만' 싶어 솔직히 왠지 모르게 울컥하며 울화가 치밀어 올랐다.

난 참 못 하는 게 많은데 그 중 하나가 감정 숨기는 것이다. 얼굴에 '나 지금 불쾌함'이라고 써있으니까 눈치 빵점인 시누이도 갑자기 만회하려는 작전 개시. '너도 첫사랑이 있을 거 아니냐'고 말해보라고 부추기기 시작했다. '그런 거 없다'고 하며 그냥 일어서는데 남편이 정말 기분 나쁜 소리를 뒤통수에 대고 했다.

"쟤 첫사랑은 나야!"

'아니 누구 마음대로??…… 누가 네가 첫사랑이라고 했나?' 발끈해서 나도 첫사랑이 있다고 말하고 싶었지만 현자답게 입을 꾹 다물었다. 스트레스 받으면 안 먹는 스타일인데 그날은 내가 얼마나 너의 과거에 쿨한지 억지로 보여주려고 맛도 없는 라자냐를 꾸역꾸역 얼굴보다 큰 접시 하나를 깨끗이 비워 버렸다.

놀리는 건지 정말 그렇게 생각하는 건지 눈치 없는 시누이가 '하긴 아침 7시부터 밤 11시까지 공부한 애가 연애질이겠냐' 고 마음대로 마무리를 짓는다. '뭔 소리여. 그럼 난 이십대는 건너뛰고 바로 삼십 되었단 소리여?' 속으로 한 내 말을 들었는지 시누이가 한마디 더 보탠다 '여대 나온 애가 남자구경이나 제대로 했겠냐' 며. 내가 여대 나왔다고 했지 수녀원에 있었다고 한 건 아니거든.

공부, 일, 사랑. 미래가 두려운 여고생들에게

인터넷에서 제 글들을 보고 의외로 저한테 메일 보내오는 여고생들이 많았는데 제가 이런 소리하면 '이 언니도 역시 고리타분한 어른이구나'라고 할지도 모르겠지만 그래도 해야겠어요.

공부는 할 수 있을 때 진짜 열심히 해 놓으세요. 행복은 성적순이 아니라는 고랫적 진리도 있겠지만 적어도 성적순으로 기회가 많은 건 사실이니까요. 인생은 늘 기회의 차이입니다.

특히 제가 드리고 싶은 말은 매순간 미친 듯 노력을 하지 않더라도 막연하게라도 꿈을 정해놓고 주문 외듯 말하고 다니면 언젠가 이루어진다는 것이에요. 저도 아직 제 최종 꿈을 이룬 건 아니지만 언젠간 이루어지리라 믿어요. 그리고 사람이 살면서 하는 일이 많아 그 하나만 보고 늘 노력한다는 건 어렵지만 전 뼈를 깎고 피를 토할 만큼 힘들게 노력하는 것만이 정답은 아니라고 생각해요. 그렇게 힘들게 노력하는 동안 지치고, 자신을 없애 버린다면 무슨 소용이 있겠어요? 그저 할 수 있는 한에서 즐기면서 꾸준히 노력하는 정도라도 충분하리라고 봐요. 그 과정에서 콧노래가 나올 정도로 즐거우려면 좋아하는 일을 해야 합니다. 좋아하는 일을 잘 하기까지 하면 금상첨화겠죠.

전 때로는 하루 종일 아이들에게 시달리고 성격 특이한 신랑과도 티격태격하지만 옷을 만드는 것이 너무 재밌어 밤을 새워 드레스 하나를 제 손으로 만들어요. 분명히 나는 한숨도 못 잤는데 내 손으로 완성된 옷을 보니 하나도 피곤하지가 않아요. 이런 게 즐기는 노력이라고 생각합니다.

꿈이 없는 삶은 무의미 하겠지요. 아직 저도 꿈을 이룬 건 아니지만 어느 날부터 언젠가 올지 모르는 그 성공 전의 이 과정이 너무 재밌기 시작했답니다. 혹여나 성공하고 나면 어쩜 이 시절이 그리울지도 모르니 즐길 수 있을 때 실컷 즐기기로 했어요.

그러니 학생 여러분은 돈 벌 걱정 없이 집에서 공부만 좀 열심히 해도, 성적 조금만 올라도 왕대접 해주는 그 시절을 마구 즐기면서 열심히 하시구요, 꿈은 그때 정해 놓는 겁니다. 가다가 바뀌면 또 그런대로 다시 시작하면 되구요. 인생이 그리 길지 않다고 하는 사람들이 대부분이지만 살다보면 때론 지겹게 길 수도 있는 게 인생이에요. 조금 돌아가고, 조금 늦게 가도 어느 정도 나이, 어느 정도 수준에 오르고 보면 아무것도 아니에요.

그렇게 가다가 나처럼 자신만의 꿈을 가지고 부지런히 걷던 한 남자를 만난다면. 그 남자가 나더러 누구보다 예쁘다고. 누구보다 능력 있다고 인정해 준다면. 그 두 가지만 보고 그 남자의 손을 잡기로 해요(공주병이 아니라 적어도 내 짝이 될 사람한테만큼은 나는 세상 그 누구보다 예뻐 보여야 하고 누구보다 멋있어 보여야 하는 거랍니다).

잃어버린? 잊어버린! 스쿠터

주차난과 교통난이 심각한 파리에서 차를 몬다는 건 우리 형편에 맞지 않는다고 생각해 많은 사람들이 2차로 선택하는 수단, 스쿠터를 구입했다. 차만큼 보안이 좋은 편이 아닌 스쿠터를 고서방이 몰고 다니니 약간 불안하기도 했지만 선택의 여지가 없었다.

그러던 어느 날, 드디어 사단이 났다. 일하러 간 고서방이 심하게 우울한 목소리로 전화를 해서 주차하기에 조금 애매한 곳에 스쿠터를 대고선 일하고 왔더니 스쿠터가 없어졌다며 견인 당한 것 같다고 한다. 견인 한 번 당하면 벌금에 견인소 보관비에 이래저래 약 500유로는 깨질 텐데 싫어 화가 머리끝까지 나 싫은 소리를 한바탕 하고 당장 가서 스쿠터를 찾아오라고 엄포를 놓았다.

아까운 돈 500유로 생각에 가슴이 아팠는데 한 시간 정도 후 또다시 남편한테 전화가 왔다.

"스쿠터 찾았어?"

"아니……."

"무슨 소리야?"

"파리 시내에 있는 전 견인 회사를 다 뒤졌는데 내 스쿠터는 없대."

"그럼 어떻게 된 거야?"

"누군가가 훔쳐간 듯……."

사람이란 참 이상해서 갑자기 아까 견인된 줄 알고 걱정했던 500유로가 별것 아닌 것처럼 느껴지기 시작했다. '차라리 제발 견인된 것이었다면 더 좋았을 걸' 하는 생각에 억장이 무너지기 시작했다. 당장 경찰서에 신고부터 하라고 한 뒤 나는 바로 보험 회사에 전화, 얼마나 보상 받을 수 있는지 문의했는데 반 밖에 못해준다는 소리를 듣고 더 큰 실의에 빠졌다.

그로부터 한 시간 후, 드디어 엄청 시무룩한 상태의 고서방이 귀가했다. 경찰서에 신고는 했지만 경찰들이 그다지 협조적이지 않았다며 무척 기분이 안 좋아 보였다. 신고 한 번 했으면 됐지 같은 경찰서를 열 번 가까이 들락거리며 이젠 찾았냐고 물어대니 드디어 참다못한 한 경찰이 '이런 경우 오늘 안에는 찾기 힘드니까 집에 가서 잠이나 자라'며, '네가 왜 이러는지 나도 그런 부인이 집에 있어 충분히 이해는 한다만 네가 우리를 너무 귀찮게 하고 있다'고 쫓아냈다는 것.

불법주차를 했던 남편이 미워 죽을 지경이었다. 당장 나가서 경찰서를 한 번 더 들리던, 견인 회사들에 한 번 더 체크를 해보던, 것도 아니면 고철을 주워다 직접 스쿠터 하나를 발명을 해내던, 가만히 있지 말고 생산적으로 움직이라고 으름장을 놓으니 집에 있어봤자 편할 리 없다고 생각한 인간이 얼씨구나 고맙다며 당장 가출했다.

그로부터 또 한 시간 후 씩씩거리며 화를 가라앉히고 있는데 남편으로부터 전화가 왔다. 백방으로 알아봤지만 소용이 없었다고 할테지. 그냥 집으로 오라고 말하려 전화를 받았는데, 심하게 발랄한 목소리로 고서방이 말했다.

"나! 스쿠터 찾았어."

할렐루야~~ 이 집안 사람들은 진짜 뭐 잃어버리진 않는다더니 진짜구나.

"아니 어디서 어떻게 찾았어?"

"내가 생제르맹 가의 어느 가로수 밑에다가 주차를 했었거든?"

"그런데?"

"근데 알다시피 가로수들이 다 비슷하게 생겼잖아?"

"그래서?"

"알고 보니까 내가 주차한데 말고 엉뚱한 나무 밑을 뒤졌더라구 으하하하. 그래서 좀 더 그 근처를 수색했더니 다른 나무 밑에 있더라구 으하하하하."

뭐가 그리 좋은지 생제르맹 거리가 떠나가라 웃어대고 있는 남편이 옆에 있는 것도 아닌데 너무 창피하여 그럼 얼른 스쿠터를 끌고 집으로 오라고 했다.

"아니 아니~ 난 또 들러야 할 데가 있지."

"어딜? 지금 밤 10시인데."

"경찰서에 가서 도난신고를 취소해야지."

그로부터 또다시 한 시간 후 남편이 불과 두 시간 전보다 한 십 년은 회춘한 얼굴로 집에 들어섰다. 스쿠터를 되찾은 고서방은 경찰서 문을 활짝 열고 들어서면서 "여러분! 여러분이 수고해 주신 덕에 제가 스쿠터를 찾았습니다" 하고 소리를 질렀다고. 하지만 경찰들 아무도 신경 안 쓰고 그나마 한두 명이 잘되었다며 그럼 이제 집에 잘 들어가라 했는데 거기서 그치지 않고, "그러니 괜히 제 스쿠터 찾느라 수사력 낭비 마시고 좀 더 막중한 업무에 힘을 모아주세요!!"라고 오버하기 시작.

경찰서에 앉아 바삐 업무를 보던 열댓 명의 경찰들이 저 심한 조증 환자는 뭔가 하는 시선으로 웃지도 않고 고서방을 훑어보았는데 그중 한 분이 친절하게 일러주었다고 한다.

"걱정 마세요. 당신 접수 번호는 1800번이어서 시작도 안했어요. 우리 아직 수고한 거 없다구요."

그래도 굴하지 않는 고서방.

"어쨌건 여러분 모두 감사해요. 사랑합니다!"라고 돌아서서 나오는데 뒤에서 나즈막히 한 경찰이 이렇게 말했다고.

"것 봐. 내가 아까부터 저 남자 게이 같다고 했지?"

그냥 전해 듣기만 했는데도 창피함에 온몸이 소름과 함께 떨렸다. 평화롭던 어느 저녁 세 시간을 내리 극심한 스트레스에 시달려야 했던 기억.

과연 머리 때문이었을까?

하루는 LA에서 드물게 비가 왔다.

파리에서 미친척하고 샀던 왕 공주 레이스 작렬 우산이 하나 있었
다. LA는 비도 잘 안 오는 데다 비가 와도 차를 타고 나가니 그 우
산을 모셔 두기만 했는데 어느 날 고서방한테 심부름을 시켰다.

당시 고서방은 나의 강요로 스티븐 시갈 같은 꽁지머리 스타일을
하고 있었다. 머리가 길어 터프해 보이지 않는다는 등, 다시 머리를
자르고 싶다는 등 불평불만이 난무했지만 왠지 머리가 긴 남자랑
한 번 살아보고 싶어 미장원 가는 것을 결사반대하고 있었다.

우리 집에서 백 미터 근방에 걸어서 갈 수 있는 마트가 있었는데 얼
마 후 돌아온 고서방. 벨소리가 나서 현관문을 여니 저승사자 얼굴
을 하고 있다. 엄청 삐진 얼굴로 마트에서 사람들이 자기를 게이처
럼 쳐다봤다며 무지하게 화를 냈다. 이게 다 네가 머리를 기르게 해
서 생긴 오해라며 원망이 하늘을 찌르고도 남았다.

근데 고서방 내 공주 우산을 받쳐 들고 있네?

과연 머리 때문인 것인지?

놀라운 집안내력

고서방네는 물건 잃어버리고 다시 찾는데 뭔가 있는 집안이다. 그에 관한 일화도 여럿 전해진다.

할아버지가 세계대전 때 해군 제독이셨는데, 하루는 어뢰 하나를 잃어버렸다고 한다. 상부에서 알면 바로 옷 벗고 총살을 당할 수도 있는 큰 죄였다고. 독실한 가톨릭 신자였던 할아버지는 할 수 있는 것이 없어 밤새 하나님께 기도만 했다고 한다. 제발 찾게 해달라고. 그런데 놀랍게도 그 다음 날 기적처럼 파도에 실려 해안에 올라가 있는 잃어버린 어뢰를 찾았다(어뢰가 물개도 아니고 어떻게 혼자 해안에 올라가서 누워 있었던 건지).

시아버지도 뭐 잃어버리는데 일가견이 있으시다. 시아버지댁에 가서 뭐가 어딨냐고 물었는데 시아버지가 대답해준 곳에 있은 적이 단 한번도 없었다. 없다고 다시 물어보면 시큰둥하게 '언젠가 다른 곳에서 나오겠지' 하실 뿐 신경도 안 쓰신다.

고서방 역시 뭘 자꾸 흘리고 다니는데 결국은 다시 찾아오는 신통방통한 능력이 있다. LA에 살 때였는데 한 번은 고서방이 프랑스에서 미국으로 소포 부친 게 아무리 기다려도 도착을 안 하는 일이 생겼다. 우체국을 만삭의 몸으로 몇 번을 들락거렸는지 모른다.

M. moors란 사람이 수령했다고 사인까지 보여주는데 그 인간이 대체 누군지는 알 길이 없었다. 그 안에 개인적인 것들이며 아까운 것들이 많아서 울고불고 고서방을 잡아댔다. 그런 내게 고서방은 정말 요만큼도 걱정 안하고 다시 찾아올 것이니 걱정을 말라고만 하는 답답한 소리만 늘어놓았다.

그런데!

한 달 뒤에 고서방이 어디선가 그 소포를 찾아 들고 왔다. 그것도 M. moors 씨가 우리 프랑스 휴대전화로 음성을 남기셔서…… 거의 기적적인 일이 아니라 할 수 없었다.

할렐루야! 놀라울 따름.

─── 당신은 무섭……습니……까?

어느 날부턴가 갑자기 고서방이 휴대전화를 밖에 나가서 받기 시작했다. 인터넷에서 뭔가를 막 찾아서 적어대고…… 그러고선 전화기를 들고 밖을 나가고, 그리고 좀 있다가 '나 좀 나갔다 오겠다'며 차도 안 갖고 동네를 배회하고.

대체 짐작을 할 수가 없었다. 모르는 척하고 며칠간 관찰을 세심하게 하기로 했다. 약 2일 주기로 그런 증상을 보이는 것이 포착되면서 패턴이 파악되기 시작했다. 특히 쉬는 날 더한 증상을 보이곤 했다. 그래서 하루는 이 인간이 밖에 나갔다 온다며 나갈 때 뒤를 밟아 보았다. 드디어 우리 집에서 좀 내려가면 위치한 스톱 사인 근처에서 왔다 갔다 하고 있는 걸 목격하였다. 순간 별의별 생각이 다 들었다. 저 인간이 드디어 바람이 났나, 곧 어떤 여자가 차로 픽업할 것인가. 그간 TV로나 보았던 '치터스' – 불륜으로 의심되는 배우자나 연인을 조사해줄 것을 의뢰하면 일정기간 잠복하여 수사를 해주는 미국의 TV쇼 – 의 심각한 장면들을 떠올리며 손에 땀을 쥐고 관찰했다. 갑자기 UPS(글로벌 택배서비스 회사)가 스톱 사인 앞에 섰다. 근데 아예 스톱 사인에 주차를 하는 것이다. '저건 뭐래?'

UPS 기사가 내려서 고서방과 접선을 시도한다.

동네가 떠나가게 "헤이 맨~ 당신이 고서방이냐?"

고서방 마구 들떠서 "그렇다!! 이것인가? 물건이?"

"그렇다! 바로 이것이 당신이 그리도 기다리던 그 물건이다. 그럼 보따리도 전했고 오늘 하루 잘 지내라~ 빠빠이~."

그랬다.

이 인간이 나 몰래 또 크레딧 카드를 열어서 이것 저것 지른 것. 그리고 내가 애 땜에 꼼짝을 안하고 집에 장롱 같이 들어 앉아 있으니 인터넷으로 UPS 지점에 전화를 해서 직접 배달맨과 접선을 시도하여 동네 어귀에서 받기로 한 것이었다.

생각해보면.

‘몇 시에 우리 동네 오냐? 아하 그럼 그 시간에 내가 몇 번째 스톱 사인 앞에서 얼쩡 대겠다’ 뭐 이런 식으로 연락을 했지 싶다. 저런 식이면 집 없는 거지들도 주소 없이 인터넷 쇼핑이 가능하겠다는 생각이 들었다.

어쨌건 보따리 받고 엄청나게 신이 나 축지법을 막 시동 걸려던 차에 나를 발견한 고서방. 아마 완전 범죄를 위해 저 보따리는 차에 넣어 놓고 들어올 셈인게지 흐흐흐. 나는 그때서야 새로운 고서방의 수법을 모두 간파하게 되었다.

고서방 진짜로 만화에 나오는 것처럼 보따리를 떨어뜨리며 눈을 얼굴 반만 하게 뜨고 하는 말.

“당신은……무섭……습니……까(당신은 무섭다는 뜻).”

──── 그놈의 할리우드 간판

서울 시민 중에도 남산타워 안 가고, 한강 유람선 안 타본 사람이 더 많을 것이다.

고서방과 내가 하우스 메이트에서 연인으로 발전하게 되었던 그 집은 할리우드 간판 밑동네 ‘beachwood’ 라는 곳에 있었다. 아침에 앞마당에서 커피 한 잔 하노라면 평균 3회의 관광객을 만난다. 질문은 항시 똑같다. '저 할리우드 간판을 가까이서 보려면 어떻게 가야하나 주민들이여?' '난 참으로 오늘 저 간판에 꼭 도달하여야겠는데 길을 알려주소서 주민들이여~.'

대체 왜 그 간판을 가까이서 봐야하는 것인지? 멀리서 봐도 한눈에 잘만 보이는데 굳이 다가가야 하는 이유가 있나? 고서방과 나 그리고 키 190센티미터 프렌치 거인은 그럴 때마다 쑥스럽고도 민망한 웃음을 띠며 '미안. 나도 한 번도 안 가봤어~'를 연발해야 했다.

어느 날 아침, 아침부터 고서방이 개들한테 프렌치 토스트를 구워 대접하다가 사람 음식 개들한테 먹이는 것에 극도로 민감한 나와 의견차이로 크게 싸웠다. 프렌치 거인과 고서방한테 "앞으로 내 개들한테 한 번만 더 사람음식 주다 걸리면 둘 다 국물도 없을 줄 알라"고 화를 내고선 앞마당 나갈 기분도 아니라 거실에서 혼자 커피를 마시는 중이었고 고서방과 프렌치 거인은 곧 천둥번개 칠만큼 저기압인 자그마한 동양 여자를 피해 앞마당으로 피신 중이었다. 그런데 프렌치 거인이 고서방한테 '너 항상 네 여자친구한테 너무 저자세'라며 바람을 넣고, 또 고서방도 생각해보니 자기가 너무 쥐여 사는 거 같다며 있는 대로 열이 받은 상태였다(인간들아 거실 창 열려있어 다 들린다).

마침 그때 눈치 없는 중국인 관광객들이 또 우리 집 앞에 차를 세우고 고서방한테 물어보기 시작했다. "헬로 주민들이여~ 할리우드 간판으로 갈라면 어찌 가야하냐해애~~." 중국인 말 끝나기도 전에 들려오는 고서방 고함소리에 난 마시던 커피를 못 삼키고 푸하~ 뱉을 수밖에 없었다. "fu$$@#ing Hollywood sign!! go to the hell!!!(그놈의 헐리우드 간판. 저리 좀 가라고!)" 한 번 화나면 폭발하는 활화산 같은 성격의 고서방 때문에 화들짝 놀란 중국인들 정말 미안.

______길어도 너~무 긴 이름 때문에

고서방을 고서방이라고 부르는 데는 절대로 심오한 이유 따위는 없다. 이름이 고프레도인데 어느 날 니콜라스 케이지가 한국서는 '케서방'으로 통한다고 얘기해줬다. 그 이후로 우리 엄마랑 가끔 통화하면 '고서방 씨입니다~'라고 하기 시작했다. 성은 원래 크로라란자지만 크서방, 왠지 이상해서 고서방이라고 하게 되었다.

즉 풀 네임을 한글로 읽으면 '고프레도 디 크로라란자'이다. 고프레도라는 이름은 우리나라로 치면 만섭이나 대남이 정도로 이탈리아식의 올드한 이름, 시아버지 이름은 아랄도. 이 집안은 성격이나 생각하는 게 무척 단순한 편이어서 고조 할아버지 이름 고프레도,

증조 할아버지 이름 아랄도, 할아버지 이름 고프레도, 아버지 이름 아랄도. 이름 달랑 두 개만 지어두고 대를 이어가며 돌려쓰는, 더 이상의 작명은 하지 않은 집안으로 창의력 제로에 안이하기 짝이 없는 작명풍습이다.

반면 여자들의 이름은 미국식도 있고 프랑스식도 있고 이탈리아식도 있고 완전히 이리저리 섞이고 기준도 없는, 한마디로 중구난방이다. 심지어 내 큰 시누이의 이름은 시아버지가 식당에 갔다가 담당 웨이트리스가 너무도 핫하여 그 이름을 붙였다고 한다. 하긴 내 이름도 우리 아빠가 엄마의 오랜 시간 산통에 지겹다며 이현세 만화를 보다가 주인공 엄지의 친구 중 한 명의 이름을 갖다 붙였다(그나마 주인공도 아니고 뭐람?).

어쨌거나 고서방의 풀 네임의 총 스펠링 개수는 무려 21개.

고서방이 프랑스 도착하자마자 가장 먼저 한 일이 프랑스의 최대 통신회사 오랑쥐(Orange)에 인터넷을 신청한 것이었다. 고서방은 인터넷 없이는 손발을 덜덜 떠는 인간으로 할 일도 많은데 인터넷이 그리 급하냐고 생각했었는데 나중에 이해한 것이 정말 인터넷 개통되는데만 한 달 걸렸다. 모든 것이 슬로우 모션인 나라, 인터넷 신청 전화만 정말 맹세코 장장 네 시간 걸렸었다. 다 저놈의 긴 이름 때문에.

오랑쥐에 전화한 고서방

접수원 : 이름은?

고서방 : 고프레도.

접수원 : 어찌 쓰는데?

고서방 : 쥐 오 두제프 에흐 데 에 오!

접수원 : 잠깐 볼펜 가져왔다네, 다시 불러 봐라.

고서방 : (이때부터 슬슬 스팀 받았음) 쥐 오 두제프 에흐 데 에 오!!!

접수원 : 다꼬르(오케이). 쥐오 에프 그리고 뭐?

고서방 : 다 모르면서 왜 다꼬르라고 대답하고 지랄인건가?

접수원 : 당신의 통화내용은 녹음되고 있음을 알려드린다.

고서방: (왜 이제야 그 중요한 사실을 말하는 건가?) 끄응…… 쥐 오 두제프 에흐 데 에 오!

접수원 : 준비 안 되었는데 너무 빨리 말했다. 다시 한번만 더 말해달라 .

고서방 : (거의 짐승 숨소리 내기 시작.) 쥐 오 두제프 에흐 데 에 오! 쥐 오 두제프 에흐 데 에 오! 쥐 오 두제프 에흐 데 에 오!

접수원 : ………………………(어이없는 건지, 못 알아들은 건지 말이 없다)

고서방 : 당신이 한 번만 더 말해달라는데 내가 친절하게 세 번이나 말했다. 이제 알아야 정상 아닌가?

접수원 : 정말 미안하다(전혀 미안하지 않은 말투로).

아참, 이 모든 대화를 상세히 알고 있는 이유는 고서방은 절대 통화를 스피커폰으로만 하는 저질 습관이 있기 때문이다.

접수원 : 이번엔 진짜 잘 듣겠다. 다시 한번 불러 달라.

고서방 : @#$$@#$@(이미 욕 작렬) 뭔 놈의 서비스가 이따군가! 난 다시 소중한 내 이름을 말하지 않을 테다!(유치뽕) 당신 매니저 바꿔라!! 다음 달부터 당신 실업수당 받게 해준다!

접수원 : 지금 나한테 화낸 건가??

고서방 : 화 안내게 생겼나?

뚜~~~~~~~~~~~~~~~~~ 접수원은 고서방 마지막 문장 듣기 전에 이미 끊은 상태.

프랑스에선 고객이 왕인 게 절대로 아니다. 그렇게 접수원을 바꿔가며 거짓말 좀 보태 오랑쥐의 접수원 반과 모두 사적으로 한 판씩 뜬 후에야 겨우 인터넷 신청을 했다는 슬픈 사연. 네 시간을 같이 스피커 폰으로 그 스트레스를 같이 한 나…… 그날 불어로 컴플레인 하는 법을 똑똑히 배웠다.

웬만하면 잘하는 것을 해야

키 190센티미터에 깎아 놓은 것같이 수려한 외모를 가지고 태어난 시동생은 의대시절 재미삼아 유명 속옷 브랜드의 모델 생활을 했다. 그때 고서방은 이탈리안 레스토랑 주방 보조로 아르바이트 중이었다.

외모 자랑 한 번 하고 자기 일 년 치 벌이를 쉽게 가져오는 시동생에게 질투가 난 고서방은 본인도 같은 배에서 나왔는데 못할 쏘냐 열심히 그쪽 계통 일을 구하기 시작했다. 지성이면 감천이라 했던가. 영화판을 기웃거리기를 석 달째, 드디어 약간 비중 있는 엑스트라 역에 캐스팅이 되었다.

규모가 굉장히 큰 역사 전쟁 영화의 하이라이트 전투장면 중 맨 앞줄에서 부하들을 이끄는 선봉장 역할에 당첨이 된 것이다. 대사는 없지만 거의 단독 샷을 받고 장엄하게 죽어가는 장수 역할이었던지라 감독과 사전 인터뷰까지 하고 고전적인 외모에 만족스럽다는 찬사까지 듣고 한껏 기대감에 부풀어 온 고서방.

드디어 숏이 들어가기 전, 모든 스태프가 이 장면은 웬만하면 한방에 가야 한다며 신신당부를 했다고. 엄청난 양의 폭약과 수많은 엑스트라가 투입이 된 장면이니 다시 찍어야 되는 불상사가 일어날 시 막대한 손실이 발생한다고 커다란 부담을 아낌없이 주었다고 한다. 이에 걱정을 말라며 본인이 꼭 해보고 싶었던 역할이고 늘 군인

생활을 동경해 왔던 터이니 잘해낼 것임에 틀림없다고 장담을 했던 고서방.

마침내 역사적인 장면을 촬영하게 되었는데, 엄청난 굉음과 함께 바로 코앞에서 폭약이 터지고 미리 피범벅 분장을 해뒀던 그 상태대로 카메라를 응시하며 괴롭지만 의연하게 죽어가는 연기를 해야 했던 바로 그 순간이 왔다. 그러나 고서방, 예상보다 훨씬 큰 굉음에 연기고 뭐고 바로 뒤로 고꾸라지며 기절했다.

깨어보니 영화촬영장 한 켠 트레일러에 마련된 의무실이었는데 정신없는 와중에 온몸에 뻘겋게 분장으로 칠해져 있는 피를 보고 놀라 또 비명 지르고 호들갑을 떠니 옆에서 졸고 있던 간호사가 화들짝 일어나 '깼으면 이번엔 감독한테 두드려 맞아 기절하기 전에 빨리 도망가'라고 조언하는 바람에 뒤도 안돌아보고 미친 듯 촬영장을 빠져나왔다고 한다.

_____ '캐리비안의 해적 4'에 캐스팅되다

결혼하기 전 내 인생에 애를 낳는 일은 없을 거라고 떠들고 다닌 적이 많았다. 사실 애 엄마들 죄다 자기 애는 신동이고, 인형이고, 똥을 싸도 귀엽고 어쩌고 정말 속으로 한심하다고 흉 많이 봤었다. 그래서 애를 낳아도 난 절대로, 결단코 저러지 않을 거라 맹세까지 했다.

그리고 지금, 스스로 돌이켜보건대 나는 나름대로 잘 지키며 지내고 있는 듯싶다. 그런데 애 아빠는 완전 팔불출×팔불출=육십사 불출 수준. 길거리에서도 갑자기 가다말고 딸을 붙잡고선 'such a cuttie! how come you so pretty!(이런 앙증맞은 것! 넌 어쩌면 이렇게도 예쁠 수가 있니?)' 하고 요란을 떨기 시작하면 정말 민망하기 짝이 없다.

그러던 어느 날, 고서방이 봤을 땐 세계 최강 예쁜 딸내미를 모델 시켜야겠다고 생각한 모양이다. 친구 중 캐스팅 업체에서 힘 좀 쓴다는 사람이 있다며 갑자기 그 사람에게 전화를 해서 딸내미를 모델 만들어야겠다고 떠들어댔다. 그 친구는 관리직급이라 자기가 직접 캐스팅은 관여하지 않으니 직접 응모하라며 홈페이지를 알려주었다. 이상하게 애 사진이 업로드가 안 된다며 한 시간째 낑낑거렸지만 들은 척도 하지 않았다. 괜히 응모했다가 떨어지면 그 무슨 망신이람.

'어~어~~ 오 마이 갓~~' 한참 뒤에 방정맞게 수선을 떨어댄다. 사진을 한 아이디로 딱 하나만 올릴 수 있는데 애 사진이 하도 올라가지 않아서 테스트한답시고 자기 사진을 올렸는데 그게 한 번에 올라가 버린 것. 나더러 자꾸 당신이 애 사진 하나 올리라며 종용했지만 가볍게 무시하고선 그 일을 잊어버리고 지냈다.

얼마 후 여느 때처럼 일을 하러 나간 고서방이 한껏 격양된 목소리로 전화를 했다. 모르는 번호가 자꾸 떠서 전화를 안 받았는데 음성 메시지가 남겨져 있어 들어보니 캐스팅 에이전시라고 한다. 일단은 딴 것보다 왜 모르는 번호를 안 받는 거냐고 따졌다(고서방은 결코 나의 날카로운 촉은 피할 수 없다). 좀 머뭇거리더니 별건 아니고(또 누구 맘대로 별거 아니라는 건지) 사실은 크레딧 카드회사 전화를 피하는 중이라고 한다. "당신이 카드가 어딨다고 거기서 전화를 해? 하나 만들라고 하는 거야?" "……" 물었더니 말을 못한다.

거짓말 못하는 고서방이 한참을 미적거리더니 사실은 나 몰래 카드를 만들었는데 며칠째 이번 달 금액을 못 넣었다고 한다. 그리고 덧붙여서 자기 신용점수가 별로 좋지 않아 어차피 한도 엄청 낮으므로 많이 빚진 건 아니라는 딴에는 좋은 소식을 전하다 욕만 바가지로 먹었다.

어쨌거나 그 캐스팅 에이전시에서 고서방을 캐리비안의 해적 4편에 출연시키고 싶다고 했다. 자기가 좀 남성적으로 해적 느낌이 나지 않느냐며 자신감이 하늘을 찌르고 있다. 내가 봤을 땐 모짜르트 가발 쓰고 영국군 중 한 명 쯤으로 나오지 않을까 싶다. 그나저나 애를 모델로 만들겠다고 한 거 아니었나?

난 스위트한 아내

24시간 연중무휴로 지름신 모시는 이 인간은 요즘은 아이폰 어플리케이션 장만에 열심이다. 절대 1불, 2불짜리라고 우습게 볼 것이 아니다. 모이면 만만찮은 금액인데다가 저런 쓸데없는데 돈 쓰고 있는 남편을 보고 있으면 화딱지 나서 제명에 못 죽을 것 같다. 그래서 이틀에 한 번씩 아이폰 검사를 실시하는데 그때마다 신기하기 짝이 없는 각종 어플리케이션이 한 가득이다. 어떤 건 지르기만 하고 개시도 안 해서 자신도 뭐하는 놈인지도 모르고 있는 게 다반사다.

쓰는 것들만 딱 놔두고 더 이상은 절대 구입하지 말라고 단단히 일렀다. 그리고는 바탕화면에 깔린 어플리케이션의 수를 세 봤더니 기본으로 깔리는 것 제외하고도 총 30개나 있었다. 다운 받은 것들도 제대로 사용 안하면 죽을 때까지 잔소리 할 거라고 한바탕 퍼부었다. 뭘 마구 지르는 것보다 더 화나는 것이 지르고는 사용 안하는 것.

그날 밤 자신만의 벨소리를 제작하겠다며 딸과 나를 무지하게 못살게 굴기 시작했다. 애 웃음소리를 메인 벨소리로 설정하겠다며 애를 심하게 간지럼 태우다가 울리지를 않나, 나더러는 교태스런 목소리로 '아이 러브 유~'를 다섯 번 연달아 얘기하라고 귀찮게 하지를 않나. 네가 다운 받은 것 다 제대로 사용하라고 하질 않았느냐며 어거지를 피워 원하는 대로 어찌어찌 벨소리를 만드는 걸 봤다.

다음 날 고서방이 일하러 간 다음 고서방의 컴퓨터에서 잠시 작업을 할일이 있어 열었다가 인간의 아이튠을 검사했더니 다운 받은 어플리케이션의 개수가 무려 100개가 넘었다. 그간 다운 받은 것 다 아이튠에 숨겨두고 그나마 나한테 걸린 게 30개였던 것. '이제 절대로 이따위 잡동사니를 구매할 수 없다!'는 것을 강력히 알려주기로 작정했다.

바로 전화를 걸었다. 평소엔 통화 연결음 걸리는 소리 나자마자 받는 인간이 벨이 열 번을 울리고서야 너무도 느긋한 말투로 "헬로우~" 이러면서 받는다.

"야이 가가멜 같은 인간아! (이 인간은 내가 키가 작다고 스머프라고 부르고-갸녀린 스머페트는 절대 아니고 똘똘이 스머프라고 함-난 그런 스머프 피 빨아먹는 남편을 가가멜이라고 부름) 너 나더러 현존하는 이상형이 누구냐고 물었었지. 지금 말해주마. 내 이상형은 스티븐 잡스다. 왜! 어떤 남자는 머리가 너무 좋아서 별의별 걸로도 다 돈 벌면서 김정일이랑 막상 막하로 맨 날 똑같은 잠바떼기 입고 다니고도 멋진데 너는 스티븐 잡스 더 부자되어서 더 멋있어지라고 열심히 앱을 사주냐. 인간아!"라고 냅다 소리를 질렀다.

"어…… 어…… 알았어…… 미안해……."

어쩔 줄 몰라하면서 버벅대는 고서방의 어눌한 대답과 함께 한 남자의 미친 듯 넘어가는 웃음소리가 들렸다. 인간이 또 누군가랑 같이 있다가 스피커 폰으로 전화를 받은 게 분명하다. '에그~ 오늘도 내 이미지만 완전히 망가지는구나'하며 급히 전화를 끊었더니 좀 있다 고서방한테서 문자가 날아왔다. '앞으로 쓸데없는 지출은 삼가 하겠다'는 늘 반복되는 문구가 적혀 있었다. 그래서 '너 똑같은 맹세 3만 다섯 번째다. LOL' 이렇게 찍어서 보냈다.

그날 집에 돌아온 고서방에게 현장의 상황을 들었다. 고서방이 일 때문에 친구 루이를 만나 얘기를 나누다가 또 여느 때처럼 팔불출 짓을 하고 있었단다. 딸내미 자랑, 마누라 자랑을 잔뜩 하는데 동양 여자와 한 번도 데이트를 못해 본 루이 씨는 동양 여자는 왠지 말도 절대 없고 무뚝뚝할 것 같다고 하자 고서방이 전혀 그렇지 않다며, 낯가림이 있어서 낯선 이에게 심히 프렌들리 하진 않지만 사실은 엄청 스위트하다고 강조했다고 한다.

그때 마침 내가 전화를 했는데, 고서방의 벨소리는 어거지로 시켜서 지난밤 녹음한, 내가 들어도 민망한 5세 여아의 목소리로 다섯 번 내지르는 '아이 러브 유~ 아이 러브 유~ 아이러브 유~'였던 것. 고서방 일부러 그거 들려주려고 스피커 폰으로 평소보다 전화 늦게 받았고 루이가 의외라고 하는 순간…… 강렬하게 울려 퍼진 첫마디가 '이 사악한 가가멜아!' 였다. 그것도 벨소리와는 사뭇 다른 일본 남자 사무라이 목소리로.

엄청 스위트한 마누라의 스위트한 독설을 제대로 들은 루이가 상황종료 되고도 내내 웃는데 내가 보낸 문자도 보여줬단다. 그래도

LOL도 써서 보내지 않느냐며. 루이가 웃다 말고 더 뚱한 표정으로 LOL이 스위트한 거냐고 되물었는데 고서방은 오늘까지도 LOL이 Lots of Love로 알고 있었던 것. 어쨌건 그날 이후 고서방 마누라 엄청 스위트하다고 소문이 나고 말았다 (* LOL : laughing out loud 의 약자로 미국 사람들이 주로 문자나 인터넷 용으로 자주 쓰는 약어. 하지만 고서방처럼 lots of love로 잘못 알고 있는 사람들이 많아져 이제는 두 가 지 의미로 다 쓰이게 되었다).

_____성공, 걱정 마시오 오바

고서방 주위에 베이비붐이 불었는지 어느 날부턴가 다들 우리 큰애 나네뜨 또래의 아기들이 하나씩 생겨나기 시작했다. 아빠들이 하나 같이 팔불출들이라서 하루 종일 와이프랑 문자로 아기 사진도 받고 아기 얘기로 내내 떠들어 대는 모양이었다. 나는 애 뒤꽁무니 쫓기 도 바빠 죽겠는 판에 문자질까지 할 여유는 죽어도 없었는데, 고서 방은 밖에 있어도 아기가 보고 싶으니 수시로 아기가 뭔가를 할 때 는 바로 사진 문자를 전송하라며 요란을 떨어댔다.

그러던 어느 날 드디어 애가 한 발짝씩 걸음을 떼기 시작했다고 저 녁에 말해줬다가 어찌나 크게 소리를 지르는지 경기할 뻔했다. 그런

대단한 사건을 사진 문자로 알리지 않았다며 내가 자신의 아버지로서의 권리를 기만하고 있다나? 필요 이상으로 화를 내길래 앞으론 내 신경 써서 수시로 동태를 보고하겠다고 약속을 했다.

다음 날 애가 똥을 싸는데 애로 사항을 겪었다. 변비가 왔는지 아침부터 내내 싸고 싶어 난리인데 결과물은 없어 소리만 질러대지 않는가. 애비는 아주 억장이라도 무너진 양 심하게 딸내미의 변비사태를 걱정하며 집을 나섰다. 고서방이 애에게 올리브유를 한 스푼 퍼 먹이려는 걸 말리느라 혼났다. 드디어 점심쯤 되자 다시 한번 우렁차게 소리를 질러대던 나네뜨가 드디어 성공했다. 거의 어른 똥을 싸놓았다.

난 이내 걱정하며 출근했던 자상한 애비가 생각났고 얼른 사진을 찍어 문자로 전송했다. '성공! 걱정 마시오'라고 친절하게 문장도 첨가해서. 그랬더니 득달같이 답장을 기대했건만 약 5분이나 경과하고서야 떨렁 한 줄 'I see……'라고 보내왔다.

퇴근한 고서방한테 기껏 보고해주니까 반응 영 시원찮아서 앞으로 안 보낼 생각이라고 성질을 냈더니 고서방 왈, 문자를 전송 받을 당시 세 명의 친구들과 같이 있었는데 드디어 나로부터 문자가 오길래 친구들을 불러 모아 '내 딸내미를 실시간으로 보여 주겠다'고 미리 자랑을 했었다고 한다. 튜나 샌드위치를 맛나게 먹고 있던 동료들을 굳이 주위로 죄다 불러 모았고, 그리고 자랑스럽게 다 같이 내가 보낸 사진 문자를 찬찬히 보았단다. 그날 고서방은 점심을 굶었다고,

친구들한테 먹은 욕만으로도 배가 불러서.

911 징크스 '빨간 장미는 싫어'

고서방은 본인만의 독특한 징크스가 많다. 그중 하나가 911이란 숫자인데 아침에 게으름 피우다 늦게 일 나가는 날 우연히 오븐 위의 시계에서 911을 발견하면 예감이 좋지 않은 하루라는 등 호들갑을 떤다. 누구나 다 아는 대참사가 일어난 날의 숫자이긴 하지만 그래서 그거랑 고서방의 개인적 삶이 왜 연루되는지 이해할 수 없었다. 나름대로 그간 난 그 징크스를 깨주려고 별 말을 다 해봤지만 별 효용이 없었다. '위험할 때 쓰는 전화번호가 911이니 이건 결론적으론 도와주는 숫자이지 너를 파멸로 넣는 숫자가 아니다. 나도 911 테러에 대해 알만큼 알지만 무엇보다 넌 미국인도, 아랍인도 아니지 않느냐' 며.

어느 해 9월 11일 밤. 그 당시 즐겨보던 미국 드라마는 럭키루이라는 시리즈물로 욕이 너무 난무해서 이어폰으로 남편이랑 한쪽씩만 끼고 시청하곤 했다. 바보스러운 쇼지만 가끔 너무 우리랑 같은 상황을 보여줄 때가 있어 둘이 소스라치게 놀랜다. 그 쇼에서 남편이 빨간 장미를 부인에게 줬는데 둘이 대판 싸움이 났다. 부인의 요지는 "내가 이미 과거에 빨간 장미를 싫어한다고 말했는데 넌 내말을 언제나처럼 귀 기울여 듣지 않아 또 같은 실수를 했다"는 것에 화가 난 것이다. 남편은 "그러거나 말거나 내가 장미를 줬는데 감사해야 하는 것 아니냐"며 맞받아친다.

정확하게 우리랑 같은 상황이었다. 심지어 나도 빨간 장미 싫어한다고 말해줬는데도 불구하고 남편이 빨간 장미를 사와서 대판 싸운 적이 있었다. 그 에피소드 보다가 다 지나간 썩은 과거 꺼내서 둘이서 하릴없이 싸우기 시작했다. 한참을 싸우다 보니 우리가 애 앞에서 너무도 비교육적인 언행을 보이는 것 같아 잠시 휴전하고 뒤뜰로 전장을 옮겼다. 다시 무아지경으로 둘이 설전하고 있는데 그 와중에 시끄러운 남편 목소리 너머로 들려오는 자그마하지만 무섭기 짝이 없는 소리, '딸깍!' 나네뜨가 안에서 문을 잠궜다.

오 마이 갓…… 진짜로 애가 문을 잠글 줄 아는지는 몰랐다. 둘이 싸움이고 자시고 완전히 패닉상태에 빠졌다. 잘하면 텐트도 없이 야외에서 둘이 밤이슬 맞으며 날 새게 생겼다. 다급히 문을 두드리면서 나네뜨를 애타게 부르며 문 열어 달라고 소리쳤는데 애가 이리저리 노력은 하는 것 같지만 어찌하는지 모르겠는지 엄마 아빠 부르며 울기 시작했다. 울지 마라고 빌며 다시 한번 잘 돌려보라고 어르고 달래기를 이삼십 분여…… 애도 울다 지쳤는지 찡얼대고만 있고, 나와 고서방도 힘이 다 빠져서 패닉상태로 계단에 걸터앉아 그나마 둘째 오데뜨가 자는 중이라 다행이다 생각하고 있었다. 그

런데 이 정신 나간 남편이란 작자가 '아 잠깐!' 이러더니 부스럭부
스럭 주머니에서 열쇠를 꺼내는 것이 아닌가?

원래 챙겨야 할 때도 열쇠 안 챙기는 인간이라 기대도 안했는데 이
번엔 어인 일로 열쇠를 갖고 있었는지 이상하기도 했지만, 왜 이삼
십 분이나 진을 뺀 이후에 열쇠를 소지 중이라는 사실을 발견한 건
지. 무사히 집안으로 들어와 다행이긴 했지만 아무래도 나까지 911
이 점점 무서워질 듯한 불길한 예감이 확 들었다.

탁구여신으로 등극하다

LA에 살 때 하루는 사진비즈니스 분야에서 성공도 하고 끝내주는
집도 가진 한 에이전시 사장의 파티에 초대 되어 갔다.

온 동네가 다 내려다 보이는 턱 빠지게 전망 좋은 집에 도착을 하
니 잘 차려 입은 사람들이 무더기로 모여 담소를 나누고 있었다. 낯
도 많이 가리고 혼자 유일무이 아시안인 것도 생뚱맞아 그나마 유
일하게 아는 인간 고서방 옆에 딱 붙어 있었다. 미국 남자들이 모이
면 그렇듯 자연스레 대화는 농구, 미식축구, 야구가 주제였다. 하지
만 조금 이상한 남자 고서방은 그 흔한 대표 스포츠의 룰을 나보다
도 모른다.

수다쟁이가 입을 다물고 있으니 에이전시 사장이 신경이 쓰인 모양이다. 고서방에게 "좋아하는 스포츠가 뭐냐"고 물었다. 인간이 그때 동계 스포츠에서 본, 얼음바닥 열나게 닦는 '루지'인가 하는 그 운동 얘기를 하고 앉았네? 아무도 못 알아듣자 다시 사장이 질문을 바꿔 "잘 하는 스포츠는 뭔가"하고 물었다. 그러자 고서방 자기 잘하는 것 많다며 주저 않고 줄줄 대기 시작했다. 탁구, 배드민턴, 테니스, 승마, 당구에 능통했으며 특히 고교 시절엔 크리켓 주전이었다고 자랑질을 해댔다. 다 비주류 스포츠로 보여줄 수도 없는 그딴 스포츠에 누가 신경이나 쓰겠는가? 일동 모두 검증할 방법은 없고 그저 "너는 참 럭셔리 스포츠에 능통하구나"하며 누가 들어도 빈말인 칭찬들을 하고 있었는데…….

그런데 갑자기 에이전시 사장님께서 승마용 말은 없지만 아무도 안 쓰는 탁구대는 있다면서(아니 왜! 그 집엔 탁구대가 있고 난리냐고), 굳이 사람을 시켜 그 집 차고에 거미줄 낀 탁구대를 꺼내 왔다. 졸지에 예정에도 없던 커플 대항 복식 탁구대회가 바야흐로 개최되었다. 몸 쓰는 거 진짜 싫어하고 운동신경 마이너스 백단인데, 푼수남편 때문에 남의 집에서 땀 흘리게 생겼다. 제 아무리 고서방이 잘한다 해도 내가 다 망칠 것이니 가볍게 첫판에서 떨어지고 저기 아까 맛보니 먹을 만하던 마가리타나 한 잔 더 해야겠다고 계획을 세웠다.

아니 근데, 첫판을 시작하는데 그렇게 탁구의 신이라고 자랑하던 고핑퐁 씨는 십수 년 만에 처음 탁구채를 잡아 본다는 핑계로 엄청나게 버벅대고, 스포츠라고는 제대로 해 본 게 없는데 그나마 학창 시절 친구들과 잠깐 쳐 봤던 탁구가 다인 내가 엄청 잘하고 있네? 짜잔~ 나의 재발견! 진짜 내 자신도 깜짝 놀라 자빠지게 탁구를 잘하는 것이다. '우리 부모님은 뭐했나, 내가 이리 탁구를 잘하는지 어렸을 때 발견하고 나를 제2의 현정화로 키우지 않고. 이래서 적성, 인성을 기초로 한 조기교육이 무척 중요한 것'이라고 속으로 되뇌였다.

키 175에 덩치도 남부럽지 않은 램버트 씨네 와이프가 급기야 나더러 '탁구여신'이라고 부르기 시작했다. 이건 뭐 토너먼트도 아니고 한 팀 이기면 다음 팀 상대하고 질 때까지 무한 반복 탁구를 쳐대야 했다. 애 낳고 몸이 맛이 간 줄 알았는데 쓸데없는 승부욕은 죽을 때까지 사라지지 않는 건지, 이왕 탁구채를 잡았으니 이겨야겠단 생각만 골똘했고 결국 무려 다섯 팀을 내리 이겼다. 이후 다음 팀부터는 고서방이 제발 져주자고 빌었지만 내 사전엔 일부러 그냥 져주는 건 존재하지 않았다.

에이전시 사장내외까지 모든 커플 팀을 물리치고 나서야 이겨봤자 우승금도, 기념품도, 우승이라고 새겨진 타월 쪼가리 하나 없는 그야말로 힘과 시간만 무지하게 빼냈음을 깨달았다. 집에 오는 길에 다리가 후들거리고 손목까지 제 멋대로 돌아가서 도저히 운전이 불가능하다는, 아무짝에도 쓸모없는 남편을 옆자리로 밀고 운전까지 해서 무사히 귀가했다.

그 날 이후, 고서방은 그 에이전시 사람들만 만나면 모두 다 하나
같이 "애 잘 낳는 탁구여신 와이프는 잘 있냐"고 물어 온다고 한다.
'탁구여신'이란 호칭은 은근 뿌듯하다만 애 잘 낳고는 또 뭔가?

오늘도 과장 때문에 열 받은 그대에게……

살다보면 여러 가지 스트레스를 받게 됩니다.

학생시절엔 공부와 성적으로, 직장인이 되면 상사, 업무, 월급. 부모가 되어선 책임감, 육아. 그런데 어느 날 가만히 생각을 해보면 이 모든 스트레스의 많은 부분은 갑과 을의 관계에서 오는 것이 많습니다.

계약서에 흔히 등장하는 갑과 을이란, '갑'은 seeding, feeding하는 자를 일컫고, '을'은 수동적으로 갑의 요구에 맞춰주는 역할을 하는 자를 일컫게 되죠. 보통은 갑이 을이 제공한 서비스나 재화에 대해 지불을 하게 되므로 우리는 나보다 권력이 있거나 재물이 많은 사람이 갑이라고 생각하게 되는 오류를 범합니다. 그래서 우스개 소리로 재벌을 일컬어 '슈퍼 갑'이라고 하는 지도.

하지만 절대 그렇지 않죠. 그 재벌이 다 쓰지도 못할 수 십대 슈퍼 카를 집에 재어 놓고 살던, 헬리콥터로 괜히 동네 한 바퀴를 돌던, 내가 그 사람한테 십 원 한 장 받는 게 없는데 괜히 주눅들 필요도, 잘난 듯 치켜세워 줄 필요도 없다는 거죠. 내가 그 집 운전기사가 아닌 다음에야…….

진정한 '갑'이 되면 인생이 좀 편할 것 같습니다. 학생이라면 뭐 하나라도 잘해야 갑입니다. 일반적으로 공부 잘하면 갑이죠. 똑같이 혼나더라도 1등이 맞는 매는 강도가 약한 게 배알 꼴리지만 사실이구요. 끼 많고 노래 잘하고 운동 잘하면 선생님한테 갑 행세는 못해도 또래한테는 '갑' 할 수 있습니다.

오늘도 과장이 자기도 월급쟁이인 주제에 스트레스 주던가요? 기분 나빠할 필요 없어요. 알고 보면 능력 없는 그 과장을 나같이 유능한 사원이 먹여 살리고 있는 것이니 내가 그를 feeding 하는 갑이에요. 정말 이 길이 아닌데 목구멍이 포도청이라 하기 싫은 일하는 경우도 많죠. 원래 '남자'와 '직장'은 옮길 데 정해놓고 엉덩이 떼는 거거든요. 미리 몰래 준비 좀 하고, 옮길 데까진 안 되더라도 내 마음이라도 정해놓고 과감하고 멋있게 때려치우세요. 일개미처럼 미친 듯 일만 시키고 그러고도 잘 한다 칭찬 한마디 없다가, 더 심한 일 시키려 하길래 관두던 날 상무라는 인간한테 사표를 던지면서 했던 말이 생각납니다.

"여자라고 있는 무시는 다 하면서 왜 일은 남자보다 더 시켜먹으려고 하냐고" 그러니까 "어디서 감히" 이러더군요. 그 말이 어찌나 웃기던지. 자기가 상감마마도 아니고. "어디서 감히라니요? 당신이야말로 어디서 감히 지금 이런 말을 하나요? 내가 지금 사표를 던지고 이 방문을 나가는 순간부터 내게 당신은 지나가는 행인, 지나가는 아저씨입니다. 원래도 당신이 나한테 월급 주던 것 아니었구요. 반말 한 번만 더하면 가만있지 않겠습니다"라고 쏘아 붙였지요.

뭐 갈 데 정해놓고 때려치운 건 아니었지만 속은 시원하더라구요, 당했던 게 많아서. 저는 경솔하고 성질이 나빠 저런 무모한 짓을 한 거구요, 다 준비되고 떠날 때는 착한 척 '그동안 감사했습니다'란 말만 하기보다는 시원하게 한마디라도 해주는 건 어떨까요? 그들에게 진정한 갑이 누군지를 보여주기 위해. 진정한 갑은 내 인생 내 마음대로 조종하는 '나'라는 것을.

Chapter 03

그에겐 **동경의 대상**, 나에겐 그리움

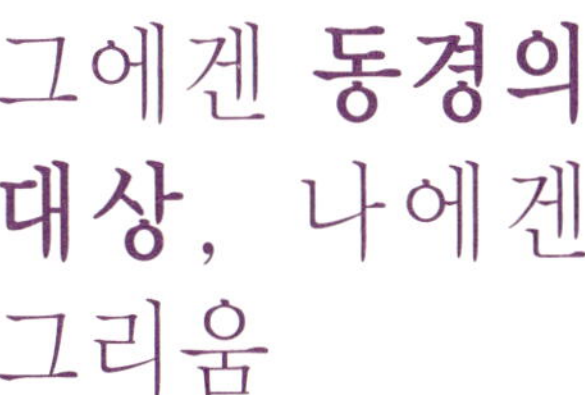

아주 가끔은 뼈 속까지 '나는 이곳에서 이 방인이구나' 하는 순간이 찾아오기도 한다.

프랑스인이 열광하는 TV쇼에 흥미를 느낄 수 없을 때,
7월 14일 혁명 기념일에 거리를 가득 채우는 기쁜 군중들 속에 끼기가 머쓱할 때,
축구 시즌 모두가 원하는 팀의 우승을 진심으로 응원할 때,
프랑스가 사랑하는 국민 배우 사망으로 모두들 슬퍼하지만 그들의 슬픔이 공감가지 않을 때……

나는 여전히 울타리 밖에서 그들을 구경하는 자신을 발견하곤 한다.

세상에서 제일 똑똑한 민족은 한국인

고서방은 한국인이 세상에서 제일 똑똑한 민족인 줄 알고 있다. 작은 발명품 몇 개 소개했더니, 특히 배드민턴채 같이 생긴 전기 충격기 파리채. 그리고 이건 좀 창피하지만 언젠가 뉴스에 한국 광화문에 복면한 사람들이 화염병 던지면서 데모하는거 보더니 저 사람들 다 과학자냐고 정색하고 물어봤었다. 아니라고 일반 노동자라고 그랬더니 왜 불을 던지고 난리냐고 해서 좀 더 강하게 어필하는 거라 했더니 저걸 만들어 오다니, 천재들이라며 한국은 일반 노동자도 과학자 수준이라고 무척 놀라는 눈치였다. 연신 genius 연발하며 한국인이 세계에서 최고로 똑똑한 민족인줄 철석같이 믿고 있다.
그래서 우리집 허스키를 데리고 나갔을 때 사람들이 정말 똑똑하다고 칭찬하면(애가 좀 대단한 개로 개 주제에 3개 국어를 알아듣는다) 코리안 허스키라 그렇다며 힘주어 말하곤 한다.

시아버지의 보배

산후조리용으로 전기장판을 샀었다. 산후조리는 내가 해야 하는데 고서방이 수시로 등을 대고, 지지면서, 엄청나게 따뜻하고 좋다며 전기장판 마니아가 되었다.

그래서 어쩌면 좋아하실 지도 모르겠다 싶어서 하나 더 사서 연로하신 시아버지한테 선물을 하였다. 시아버지도 그렇게 좋아하실 수가 없다. 순식간에 한국산 전기장판이 집안의 보배가 되었다.

그런데 문제는 너무 자랑스러운 나머지 시아버지가 자꾸 방문객들한테 침대에 깔아놓은 전기장판을 보여주며 얼른 누워보라고 종용하시는 것. 시아버지 댁을 방문한 외국인들, 심하게 당황스러워하는 상황이 자주 벌어지곤 했다. 주인이 자꾸만 자기 침대에 한 번만 누워보라고 권하니.

심지어 70살쯤 되신 프랑스 작가 할머니는 시아버님의 간곡한 권유에 못 이겨 살짝 누우셨는데, 온도를 맥시멈으로 올려놓으셨던 시아버지 덕에 예상치 못한 극도의 뜨거움에 깜짝 놀라셔서 소리 지르고 우시기까지 한 일도 있었다.

한국 시트콤에 꽂히다

LA에는 한인 방송국도 꽤 있어서 TV를 틀면 한국 쇼를 보는 것이 어려운 일이 아니었다. 내가 보고 있는 것을 몇 번 지나가다 같이

시청하던 고서방, 한국 쇼에 그만 흠뻑 빠졌다.

친절하게 영어로 자막도 나오니 이해할수록 너무도 재밌다고 극찬을 하더니 어느새 한국 방송 채널만 골라서 보는 수준까지 되었다. 그중에서도 '웬만해선 그들을 막을 수 없다'라는 고랫적 시트콤에 심히 매료되었다.

난 이미 다 본 것들이라 흥미가 없지만 고서방이 시청할 때는 같이 앉아서 의무적으로 봐줘야 한다. 자막이 영어로 나오긴 하지만 한국적인 정서를 이해하지 못하면 왜 저 상황이 일어난 것인지 알 수 없는 경우도 비일비재하기 때문이다.

등장인물 중에서도 특히 박정수 씨가 너무 웃기다고 하더니 나중에는 화면에 나오기만 해도 데굴데굴 굴렀다. 며칠 후 같이 보다가 무심코 "저 분 맨 나중에 암으로 죽는다"고 미리 스토리를 말해줬다가 난리도 난리도 그런 난리가 없었다.

"You're so 밉상!!(넌 정말 밉상이야). You don't have attitude(넌 예의가 정말 없어). Now! I'm so sad whatever she does!(이젠 저 여인이 뭘 해도 슬프다)"

고서방은 내가 자신의 쇼를 왕창 망쳤다며 며칠간 계속 화를 냈었다.

힙합 추고 랩하는 조선 임금?

한국 TV쇼를 자주 보는 내게 고서방은 성가신 존재다. 못 알아 듣는 말이 많으니 자꾸 옆에서 질문을 쏟아내 보고 있는 프로그램에 집중하기가 쉽지 않아서이다. 특히 사극은 고서방이 없을 때 보는 편이 낫다. 하나부터 열까지 물어보고 이해하기 어렵다고 투덜대는데다, 패션엔 왜 이리도 불만이 많은 건지.

워낙 좋아하던 사극 하나가 있었는데 도저히 남편이 없을 때까지 기다릴 수가 없어 시청하기 시작했다. 아니나 다를까, 옆에 딱 붙어 앉아 시작부터 질문이 이어진다.

"왜 저렇게 다들 높다란 까만 모자를 쓴 거야? 남들보다 키 커보일라고?"

– 갓을 보고.

"저렇게 불편하게 생긴 운동화를 신고 어쩜 저렇게 잘 뛸 수가 있지?"

–가죽 신발을 신고도 잘 뛰는 것을 보고.

"남자도 치마 입은 거야? 영국도 그런데……."

– 남자가 입은 두루마기를 보고.

"한국 여자들은 배 나와도 괜찮았겠네. 티가 안 나니까……."

– 여자들의 전통한복을 보고.

"그릇이 너무 새까맣지 않아? 안 씻어도 별로 티가 안 나겠어."

– 전통 옹기로 된 그릇들을 보고.

듣다 보면 이게 질문인지 사견인지 헷갈리는 말들만 수두룩 하길래 어느 순간부터는 거의 묵살하고 시청만 하는데 드디어 임금이 나오니 좀 조용한가 싶던 인간이 방언 터지듯 질문을 쏟아내기 시작한다.

"아니 여름에 덥게시리 어그부츠를 신은 거야?"

"남자가 왜 빨간색 옷을 입었어? 저 금색은 진짜 금이야? 모자가 진짜 무겁게 생겼다."

주로 다 패션에 관한 얘기들.

하는 수 없이 원래 높은 자리일수록 좀 더 화려하게 입었고 임금은 최상위라 가장 화려한 빨간색의 곤룡포를 입은 거라고 빠른 속도로 설명을 해주고 '더 이상 나를 방해하면 좋지 않으리라' 경고까지 한 뒤에야 조금 평화롭게 시청을 하였다. 그런데 장면이 바뀌고 산속에서 무당이 굿판을 벌이는 장면이 나왔다. 분명 또 질문을 해대겠지, 그럼 이번엔 '점성술사가 기원을 드리는 중'이라고 설명해줘야겠다'고 미리 모법 답안도 치밀하게 준비했다.

그런데……

"헉! 임금이 파티를 하나 본데? 직접 힙합 같은 춤도 추네? 한국은 고랫적부터 랩이 있었던가?"

그랬다.

화려할수록 최상위라 했더니 무당이 임금인줄 알았던 것, 더군다나 무당이 굿하는걸 보고 춤추고 랩한다고 하는 것이다. 역시 역사를 간단하게 설명한다는 게 역부족인 건가.

오빠 십오스타일~

한국 가수 싸이의 노래 '강남스타일'이 공전의 히트를 기록하고 있다. 미국 뉴스에도 소개가 되더니, 프랑스 공중파에서도 소개를 한다.

하루는 고서방이 프랑스 연예뉴스에 소개된 그 노래를 듣더니 입을 딱 벌리고 있다. 춤도 아주 위트 넘치고, 노래도 무슨 뜻인지는 모르겠지만 그저 좋아 보인다길래 유튜브를 검색해서 뮤직비디오를 보여 줬더니 하루 종일 보고 또 보고 하더니 따라 하기 시작했다.

"오빠 강남스타일이 무슨 뜻이냐"부터 시작해서 질문 역시 몇 보따리 풀어낸다.

한강을 기준으로 남쪽이 강남, 북쪽이 강북. 난 참 내가 생각해도 좋은 선생님이다. 차근차근 자세하게 뜻을 알려주고 가사 내용도 대충 통역해 주었다. 곰곰이 듣던 고서방, 그럼 자기는 "오빠 십오 스타일"이란다. 내가 "파리스타일이라고 할 줄 알았는데?"라고 했더니 굉장히 정색하고 부정한다.

오빤
십오스타일!!
Yay!!

그러려면 싸이도 '오빠 서울스타일'이라고 해야 하는 거지 강남스타일이라고 안 했을 터.

좀 더 세분화된, 자기 사는 지역을 갖다 붙이는 게 정확하다는 예리한 지적이다(파리는 총 20개 구로 나뉘어져 있는데 우리는 파리 15구 지역에 살고 있다). 그래서 똑똑하다고 치켜 세워주니 하루 종일 '오빠 십오스타일' 해 가면서 되지도 않는 말 춤을 춰댄다(우리가 일층 살아서 다행이지……).

그러던 어느 날,

집으로 돌아온 고서방이 자기가 오늘 놀라운 사실을 알아냈다며 호들갑이다. 우리가 십오구에 이사오기 전 잠시 머물렀던 아파트는 18구(몽마르뜨 지역)에 위치해 있었다. 만약 우리가 계속 거기 살았더라면 자기는 '오빠 십팔스타일'인데 그랬다간 아주 난감했을 거라고 웃어댄다.

아니 대체 그 말이 욕인 건 어떻게 알았느냐 했더니 어느 언어이건 욕이 가장 배우기 쉽다면서 오래 전부터 알고 있었다고. 맹세코 나는 저런 말을 쓴 적이 없는데 어떻게 알아냈는지 신기할 따름이다.

당신은 나의 내복이야

초등학교를 졸업하면서 같이 이별했던 내복.

스타일도 망치고 뚱뚱해 보이면서 몸도 둔해져서 싫어했었다. 추위도 견딜만했고 스타일이 목숨보다 귀했던 20대를 지나고 나니 스타일이 밥 먹여주는 것도 아니고, 내 몸 따뜻하고 편안한 게 제일이라 생각되어 파리의 겨울은 오랜만에 내복과 함께 하기로 결심했다. 즉시 한국에서 전 가족 내복을 주문해 공수 받았다.

내복이란 것이 무엇인지도 모르는 프랑스 남자의 내복은 몇 벌을 주문해야 하나 무척 고민스러웠다. 싫어할지도 모르고 안 입는다고 할지도 모르니 한 벌만 안전하게 살까 하다가 혹 이 남자가 내복 사랑에 빠질지도 모를 경우를 대비, 갈아입을 수 있게 두 벌을 마련했다.

날씨가 급작스럽게 추워져서 뼈마디가 쑤시니 주문한 내복이 언제 오나 우체부 아저씨를 애인 기다리는 심정으로 고대했던 어느 날, 드디어 나의 귀중한 내복들이 프랑스에 도착했다. 남편에게 용도와 특징에 대해 간략히 설명을 했더니 아니나 다를까 시도도 해볼 생각도 안하고 이상하다며 손사래를 친다. 굉장히 한국적인 풍습 같은데 자기는 어려서부터 익숙한 것이 아니니 못 입을 것 같다는 등 별것도 아닌 내복에 문화적인 발언까지 서슴지 않길래 조용히 내복

박스를 들어 보여주었다.

"봐! 모델이 누구야? 당신 같은 서양인이지? 얼마나 이 사람들 진지하게 멋있어!"

다들 아시리라. 내복 모델의 상당수는 외국 남자란 것을. 그래서 일단 입어보기나 하라고 강요했더니 성의를 봐서 입어보기는 하겠지만 자기는 미안하지만 못 입을 것 같다며 주섬주섬 내복을 들고 갈아입으러 들어갔다. 이내 방에서 "오우! 뎃츠 오썸! 마네피끄(와, 신기하네!)" 해대는 다중어 감탄사가 들려오기 시작했다. 본인도 좀 민망한지 귓볼까지 발그레 해져서는 만면에 수줍은 미소를 띤 '내복맨'이 등장했다.

입자마자 부드러운 촉감이 '고급 면 100퍼센트로 만든 옷'이라는 것을 단번에 느낄 수 있었다며 면 좀 만져본 사람인 양 아는 척을 한다. 게다가 어찌나 포근하고 따뜻한지 자기처럼 애정결핍(여자가 셋이나 있는데 웬 애정결핍?)인 사람에겐 심적인 위로마저 되는 마법의 옷이라고 그새 찬양일색이다.

이후 그의 지극한 내복 사랑은 계속되었는데, 검정 내복을 아래위로 입고 검정 양말까지 맞춰 신은 후 본인이 닌자가 된 기분이라며 쓸데없이 욕조 위를 걷다 자빠지질 않나, 나네뜨와 함께 피겨스케이팅 연습을 하질 않나, 점점 내복을 구매해 준 자에게 심려를 끼쳐가고 있었다.

어느 날 저녁 쓰레기통이 꽉 찼다며 솔선수범 시키기도 전에 다녀

오겠다고 나선다. 그런데 내복차림으로 당당하게 쓰레기봉지 둘을 양손에 들고 슬리퍼를 신는 고서방.

"아니 그러고 나가게?"

"왜?"

"지금 내복만 입었잖아!"

"그래서? 그 케이스에 모델도 그것만 입고 있었는데? 그리고 프랑스에선 내복이 뭔지도 모르는데 뭐 어때."

내가 더 말릴 새도 없이 남편은 바람과 같이, 여전히 닌자 놀이를 하며 쓰레기를 버리러 떠나고 없었다.

'그래 창피 당해도 내 남편이라고 등짝에 써 있는 것도 아닌데 뭐 어때.'

잠시 후 익은 토마토 같은 얼굴을 하고 돌아온 내복 닌자께서는 그다지 기뻐 보이지 않는다. 자기가 쓰레기를 버리고 돌아서다가 슬리퍼 한 짝을 잃었다고 한다. 한 발로 깡총 거리며 열심히 슬리퍼를 주우러 갔다. 그런데 앞에서 오던 관리인 할아버지 자끄 씨가 고서방을 보며 한마디 했단다.

"요즘 싸이클 복은 앞이 트여서 나오는 거야? 통풍 잘되라고? 아님 오줌 싸기 쉬우라고?"

대단한 창피를 당했으니 당분간 유별난 내복사랑이 조금 덜 할 거라고 생각했었다. 5일을 한 내복만 입던 남편이 드디어 갈아입기로 마음을 먹었는지 샤워를 하고 새 내복을 찾았다.

"그러고 보니 빨래를 깜빡하고 안 해서 여벌의 내복도 여전히 빨래 통에 있다"고 했더니 정말 심각하게 난색을 표한다. 이제 자기는 내복 없인 살 수 없다며.

한참 뒤 아직도 욕실에 있는 남편을 찾으러 갔더니, 직접 손빨래로 내복들을 정성들여 빨고 있었다. 그리고 그 이후 나에게 뜬금없는 사랑을 고백한다.

"넌 나에게 내복이야. 따뜻하고 포근하고 없어서는 안 될 그런 존재거든."

이 말의 뜻이 그가 그만큼 내복을 사랑한다는 건지, 내가 내복 정도 밖에 안 된다는 건지, 아직도 정확하게 와 닿지 않는다.

이후 날이 갈수록 우리 가족의 내복사랑은 지극해서 집에서는 항시 내복패션을 선보이고 있다 보니 우리끼리는 무척 자연스러운 차림새가 되었다. 물론 고서방은 그 이후 내복차림으로 나가진 않지만.

어느 날 저녁 마켓에서 주문한 식료품을 배달하러 한 청년이 왔다. 남편도 나도 우리가 내복 패션인 걸 깜빡한 것은 두말하면 잔소리. 우리는 둘 다 까만색 상하의 내복을 완벽하게 착용한 차림새로 문을 활짝 열어 추운 날씨에 수고하는 청년을 격려하려고 환한 웃음으로 그를 맞았는데, 그는 더 환한 웃음으로 우리를 쳐다보며 말했다.

"이 집안은 닌자 패밀리인가요?"

일전 이 배달청년은 언젠가 내가 한국인인 것을 알고는 다짜고짜 '박지성' 선수와의 관계를 물었었다. 한국인이면 서로 다 알 것이라는 이런 밑도 끝도 없는 비논리적인 사고는 어디서 나온 건지. 그때 대답을 해주고 싶어서 "그와 나는 팬과 스타의 관계로 나는 그를 잘 알고 그는 나를 모른다"라고 했는데 진짜로 예상하지 못한 관계였던 듯 굉장히 실망했던 심하게 순수한 청년이었다. 진짜로 그 청년은 우리를 '닌자 패밀리'로 알고 있을지도 모른다.

아 진쫘~냄새

하루는 한인마켓에서 엘리베이터를 탔다.

누군가가 그 밀폐된 작은 공간에서 심한 독가스를 방출하는 몰상식한 행동을 했다. 완전히 토할 듯 역겨웠다.

엘리베이터 안에 있던 사람들 모두 얼굴이 다 썩어 들어가는 표정인데 어느 누구도 말 한마디 못하고 굉장히 불쾌한 표정으로 서로 눈치만 살피는 상황이었다.

결국 고서방이 참지 못하고 한국말로 한마디.

"아~ 진쫘~~ 냄새!"

엘리베이터 안에 있던 한인들 그제서야 눈치 보기 그만두고 한마음 한뜻으로 모두 미친 듯 한바탕 웃을 수 있었다.

_____이 밖에 너 없다고?

내가 소개시켜준 한국 친구가 자꾸만 고서방한테 한국말들 중 느끼한 단어들을 가르치기 시작했다.

한 번은 '파리의 연인'에 나왔던 그 유명한 닭살 대사 '이 안에 너 있다'를 제스처와 함께 사사받은 후 내가 세상에서 제일 싫어하는 그런 닭살 짓을 고서방이 하루에도 몇 번씩 시도하기에 이르렀다. 싫었지만 남편의 한국어 사랑이 갸륵해 참고 또 참았다. 그랬더니 그걸 좋아하는 줄 알고 툭하면 상처럼 자꾸 하사한다.

대판 싸웠던 어느 날이었다. 우리 부부가 싸우는 이유는 고서방이 뭘 잃어버렸거나, 돈을 많이 썼거나 집안을 난장판으로 만들었거나 세 가지 중 하나. 그날 싸운 이유는 기억이 안 나지만 위의 세 가지 중 하나임은 확실하다. 언제나처럼 내가 일장 훈계말씀을 내리고 고서방이 변명을 끝도 없이 열과 성을 다해 하던 중이었는데, 또 뻔한 변명을 시작하길래 무시 작전에 들어갔다.

그랬더니 "you so mean!!(못됐다)"고 생난리를 친다. 계속 못들은 척 했다. 진짜 화난 고서방, 너무 억울하단 듯이 가슴을 고릴라처럼 두드리며 "이 밖에 너 없다!!!(아직도 미스테리한 문장. '이 안에 너 있다'를 반대로 하려면 '이 안에 너 없다'라고 해야 정답이고 유사표현으로 '이 밖에 너 있다'라는 정도인데 이 인간은 두 번 부정을 섞어 썼다. 따라서 여집합의 여집합은 다시 본집합이므로 결국 '이 안에 나 있다'라는 뜻인가? 난 그대로 그의 안에 있는 것!)"라고 외쳤다. 대체 뭔 소린지 잠시 머리 굴리다가 결국은 웃음을 터뜨리고 말았다. 우리 집은 싸우다가 먼저 웃으면 지는 것이 불문율이다. 그날은 내가 잘못한 것도 없는데 억울하게도 결국은 내가 진 걸로 판결났다.

수상한 흰죽

고서방은 웬만한 한식은 다 좋아하는 편이다.

굳이 한식이 아니라도 한국 사람들이 먹는 건 다 즐긴다. 오죽하면 정통 이탈리아 가정 출신인데도 한국식으로 마늘 많이 넣은 스파게티를 엄청 좋아할 정도이다.

언젠가 고서방이 뭘 잘못 먹고 체해서 토를 분수처럼 하고 침대에 실신상태로 누워 있었던 적이 있다. 너무도 걱정이 된 나는 조금 나아졌을 때 전복죽을 해다 바쳤다. 표정이 별로 안 좋았지만 그럭저럭 먹길래 다 낫고 나서 또 한 번 죽을 쑤려 했더니 손사래를 치면서 말리는 거다. 씹는 맛이 없어 그저 그런가 보다 하고 죽은 더 이상 해주지 말아야겠다고 생각했다.

그러던 어느 날 내가 감기 몸살이 걸려 못 일어나고 있었다. 고서방

이 흰죽 비슷한 걸 가져왔는데 죽은 대체로 뜨거워야 정상이건만 이건
엄청 식은 데다 생긴 모양마저도 이상했다. 한 숟갈 먹었는데 도저히
찝찝하다. 정성은 갸륵하지만 어떻게 만든 건지 조리법을 물었더니 엄
청 자랑스럽게 너랑 똑같은 방법으로 했다면서 밥을 씹어서 뱉었다고.
아무리 사랑해도 그건 먹을 수 없었다. 죽에 대해 다시 강의에 들어
갔다. 이제껏 그때 전복죽이 내가 먹기 좋게 씹어서 준거라고 생각
하고 있었던 것임을 알게 되었다. 그래서 건강할 때 또 먹으라는 내
가 이해가 안 갔던 것이다. 그런데 내가 씹은 거라고 생각하고도 한
그릇을 다 먹은 고서방이 심하게 사랑스러웠다고 고백한다.

_______젊은(?) 김치가 좋아

나를 만나기 전 고서방은 한글과 한자, 일본어 이 세 가지가 각각
어느 나라 글자인지도 구별을 못하는 한글 문외한이었는데, 한국인
부인과 살다보니 점점 한국 문화에 젖어가고 있다.
특히 고서방은 한국 마트 가는 날은 유달리 신이 난다. 한국 마트 가
면 신기한 것, 맛난 것도 많고, 무엇보다 회덮밥을 먹을 수 있어 특
히 좋단다(덮밥이라는 개념이 없는 프랑스인에게 한국이나 일본식의 덮밥
은 편리하면서도 맛이 있는 음식이라 매력적이다).

한국 마트에 가면 꼭 중간에 한 번은 고서방을 잃어버리게 된다. 어찌나 산만한지 필요 없는 통로들을 다 헤집고 다니는 통에 결국 각자 볼일 보고 계산대에서 다시 재회하는 식이다. 그날도 나는 간장, 깨소금, 참기름 등 집안에 떨어진 양념류들을 고르고 있었는데 아주 가까이서 고서방 목소리가 들려온다. 물건이 쌓여진 뒤에 몸을 숨기고 어쩌나 관찰하니 호빵 시식하는 아줌마랑 심각히 대화 중이었다. 연신 시식을 해대면서.

아줌마가 오늘까지만 하나 가격으로 두 개 가져갈 수 있는 원 플러스 원 행사 중이니 들여가라며 막 고서방 카트에 호빵을 밀어 넣으면서 "맛있지? 맛있지?"(고서방이 어눌한 한국말을 시도해서 그런지 아줌마도 한국말로 고서방에게 말을 걸고 있었다. 그리고 사실 미국이라 해도 LA한인 타운의 나이 드신 분들 중엔 영어가 안 되시는 분들도 의외로 많다)란다.

그나저나 30대 중반인 남자한테 저 아주머니는 왜 반말을 하시는 건지. 이 또한 전에는 주의하지 않았던 문제점인데 나이 드신 한국 분들은 한국말이 서툰 외국인에게 무조건 반말을 하시는 나쁜 경향이 있다. "맛이쏘요~" "가져가는 김에 두 개 가져가 그럼~"(무조건 팔려는 아줌마). 내 보기에 시식으로만 이미 호빵 한두 개는 먹은 고서방, 여유롭게 아줌마가 카트에 집어넣은 호빵을 꺼내 포장지를 천천히 둘러본다.

(고서방 얼굴도 두껍게)"오 노우~ 내 와이프 삼립 호빵 베스트! 이거

삼립 노노 ! 미안!" (와이프가 삼립호빵이 최고라 했는데 이건 삼립 아니라서 안 되겠어요, 미안합니다)

호빵 다시 제자리에 놓고 여전히 빈 카트 몰고 여유롭게 김치 코너로 이동 중이다. 이미 사람들의 이목을 달고 다니는 고서방에게 섣불리 아는 체하기가 꺼려지는 상황이었다. 뭐하나 간격을 두고 미행을 하니 이번엔 반찬가게 김치를 둘러보는 중. 아줌마가 너무 예술로 잘 익은 김치라며 좀 담아가라고 적극적으로 마케팅 중이다. 한참 꼼꼼하게 둘러보더니 한국말로 "나 겉절이 좋아요! 이 김치는 아파요~ 나 젊은 김치 좋아요!" (익은 김치는 힘이 없이 누워 있어서 싫다는 말. 자기는 팔팔 살아 있는 겉절이를 좋아한다는 말)

방금 전까지 적극적이던 아주머니의 표정이 과히 신나 보이진 않는다. 외국인이 겉절이 어쩌고 하니 웃기긴 한데 자기 김치 안 산대니 삐친 모양새다.

내겐 너무 고소한 당신

고서방이 어느 날부터 참기름의 맛을 알아버렸다.

그 고소한 냄새에 흠뻑 빠진 것이다. 문제는 계란 프라이, 스파게티, 각종 볶음 및 채소 요리에 모두 참기름을 아낌없이 쓰기 시작했다. 몇 번이나 엄격하게 경고했다. '비싼 기름이니 마구 쓰지 말 것'이라고.

하지만 절대 내 말 듣지 않고 몰래몰래 쓰더니 어느 날 프렌치 프라이를 참기름으로 튀기다 나한테 딱 걸리고 말았다. 심하게 응징한 후 나는 참기름을 장소를 바꿔 가며 숨기기 시작했다(심지어는 옷장에 숨겼다가 외출복에 참기름 냄새 배여서 난감했던 적도 있음).

나중엔 고서방 찾다 찾다 못 찾으니 참기름 사게 돈 달라고 투정을 부리기 시작했다(우리 집은 십 원 한 장 내가 다 관리한다. 프랑스 살 적에 고서방 친구 커플들이 경제권을 내가 전적으로 다 쥔 얘기를 듣고 기절초풍했던 기억이 있다. 동거문화가 생활화된 프랑스에서는 결혼도 동거처럼 해서 각자 생활비 내고 딴 주머니 찬다고 하는데 그런게 어딨나? 우리 집은 그랬다간 금세 길거리에 나 앉을 판).

어쨌거나 참기름 사게 돈 달라는 것을 담담하게 무시했다. 그랬더니 따로 돈 벌어서 참기름 살 거라고 큰소리를 치기 시작했다. 물론 들은 척도 안했는데 며칠 후 갑자기 고서방이 한인 마트 비닐봉지

를 잔뜩 들고 귀가했다. 이 사람이 혼자 한인 마트를? 참기름만 14
병을 사온 것이다. 참기름 사려고 그간 아르바이트 한 고서방. 게다
가 참기름에 자기 것이라고 이름도 프린트해서 붙여놓았다.

그 후로 참기름 14병이 순식간에 사라져 가는 것을 보아야만 했던
헛구역질이 날만큼 고소했던 경험.

송박사 스시가 낫다네

LA 살 때 내 소개로 한국 친구가 생긴 고서방.

그 친구는 미국서 태어났지만 한국말도 잘하고 영어도 잘해서 고서
방이랑 죽이 잘 맞았다. 그 커플과 주말에 만나 같이 식사하기로 했
는데 고서방과 그 친구가 통화를 하며 식당을 정하고 있었다. 그 친
구가 한인타운에 있는 칠성면옥을 추천한 모양.

"칠성 이즈 오케이~ 벗 유노? 칠썽 촘! 드러워. 아이 쏘 바쿠벌레
~~ 하우 어바웃 무대뽀? 노노~ 대썽옥 이즈 쏘쏘~ 아이 돈 라이
크 데얼 반찬스! 왓? 청호진?? 노노~ 듀드~ 송박사 스시 이즈 베
럴댄 청호진! 아이 개런티!!"(칠성은 괜찮긴 한데 조금 더러워, 내가 전
에 바퀴벌레를 거기서 보았지 뭐야. 무대뽀는 어때? 대성옥은 그냥 그래,
난 거기 반찬이 별로더라구. 청호진? 아냐 아냐 친구! 거기 보단 송박사

스시가 훨씬 낫다네. 내말을 믿으라구)

어느새 한인타운 레스토랑 이름을 줄줄 외고 있는 고서방을 보며 경악을 금치 못했던 경험.

＿＿＿＿ 핸 많은 남자

남편이 어느 날부터 알아듣기 힘든 소리를 자꾸 해댄다.

또 뭔가 덤벙대길래 좀 똑바로 하라고 잔소리하니까 넌 내게 자꾸만 핸을 주는 사람이라는 등, 어머니 돌아가시고 난 후부터 자기에겐 높은 핸이 생겼다는 등, 강아지 칠복이가 멍청한 짓 하길래 소리 좀 질렀더니 너 왜 개한테 자꾸 핸 주냐는 등…… 도대체 네가 요즘 들어 부쩍 사랑하는 그 핸이란 단어는 불어냐 영어냐 물었더니, 넌 한국 사람이 핸을 모르냐며 안 그래도 큰 눈 쏟아지게 뜬다.

그 놈의 핸이 뭐냐고 물었다가 정말 무식하다는 등 한국인임도 의심받는 지경에 이르렀다.

생판 처음 들어보는 단어를 한국인이면 다 아는 거라고 바락바락 우기다니. 대체 그래서 그게 뭐냐고!!! 막상 설명을 하라고 했더니 정확한 의미가 떠오르지 않는 듯 엄청 고민하더니 이후 30분 가량 200개도 넘는 '핸'이 들어간 예문을 들어야 했고 드디어 '핸'의 정체를 밝혀냈다.

그가 말한 핸은 다름 아닌 한(恨)이었다. 대체 LA 타임즈에서 어떻게 한에 대해 풀이한 글을 읽었는지 모르겠지만 '아주 감명 깊게 읽고 이렇게 심오하고 멋진 감정을 뜻하는 단어가 있다니 놀라웠다'고 한다. 나더러 정확한 의미를 다시 한번 말해달라는데 아무리 언어에 능통하게 되더라도 절대 말로는 100퍼센트 전달할 수 없는 민족 고유의 감정은 분명 존재한다는 것.

어떤 후회, 애절함, 뼈 속 깊이 새겨진 짙고 어두운 슬픔 등 최대한 의미를 전달해 보고자 했으나 남편이 제대로 100퍼센트 느낀 것 같지는 않았다. 그는 그 나름대로 새롭게 해석한 한이라는 단어를 여전히 주구장창 여기저기 써대고 있다.

방금도 "내가 며칠 전부터 그렇게 블루 피시(고등어) 구워 달랬는데 너 오늘도 그거 안 해줬어. 오늘도 넌 나한테 핸준거야~"라며 아주 유치하고 저급하게 삐진 모든 상황에 우리의 고급스러운 단어 한을 마구 갖다 붙인다. 이거 어찌 해야 하나?

이탈리아에서 온 마테오와 러시아에서 온 나탈리는 각각 파리로 여행을 왔다가 사랑에 빠졌다. 운명의 끈은 그들을 묶기 위해 같은 날 둘을 에펠탑 밑으로 불러 들였다.

외국인 남편과 대화가 불편할 것 같은데 소통은 다 가능한가요?

정말 많이 받는 질문인데요.

모든 언어를 앞서는 것이 바디랭귀지이고 사랑하는 사람끼리의 교감이에요. 마음이 통하는데 말이 안통할리 있겠어요? 내가 '에……'라고 시작하기도 전에 달걀 먹고 싶은지 아는 게 남편이구요.

한국 사람하고 사귈 때는 같은 언어를 쓰는데 이렇게 말이 안 통할까 싶어 헤어진 적도 있었어요. 그건 나랑 마음의 주파수가 안 맞는 사람이었으니까요. 말이 통하는 사람을 만나는 게 중요한 게 아니라, 서로 마음의 주파수가 잘 맞아 잡음 없이 깨끗하게 들려야 짝이 되는 거라고 생각해요.

Chapter' 04

국경 없는 세상
시월드

동서고금을 막론하고 '시' 자가 붙으면 작은 밉상 하나도 커다란 흉으로 와 닿는 법.

나와는 문화와 성장배경, 성격이 판이하게 다른 그처럼 그의 가족 또한 개성이 강하다.
한국의 내 가족이 내게 그렇듯이 그의 가족 역시 그의 일부일 터.
그로 인한 불편함은 어쩔 수 없이 감수해야 한다.

국경 없는 세상 시월드

동서고금 막론하고 '시'자 붙으면 작은 밉상 하나도 커다란 흉으로 와 닿는 법.

우리 시아버지는 평범이랑은 담쌓고 사는 분이다. 일단 뭘 물었을 때 모르는 게 없고 모든 세상일의 답을 다 가지고 있는 사람이다. 하지만 문제는 그 답이 맞은 적이 거의 없다는 것. 난 이미 신혼 초에 파악하고 다시는 시아버지한테 조언을 구한 적이 없었다. 그런데 고서방은 맨날 속고도 또 물어보고, 또 그 말을 실천하다가 낭패를 당하는 악순환을 무한 반복한다.

우리가 프랑스 시아버지 집에서 살 때고 시아버지는 미국에 계실 때였는데 하루는 시아버지가 파리 집에 다녀가셨다. 우리더러 프랑스에 계좌 있냐고 물으셔서 그렇다고, 거기 돈 좀 넣어둔 게 있다고 했다. 시아버지께선 펄쩍펄쩍 뛰시더니 이자도 2퍼센트밖에 안주는 프랑스 은행은 썩었다며 벨기에 시티뱅크에 넣어두면 7퍼센트는 받는다고 하신다.

오 마이 갓, 이럴 수가! 괜히 엄청 손해보고 있었다는 느낌이었다. 어째야 하냐고 물었더니(이게 불행의 시초가 될 줄은 그땐 몰랐다) 자기 계좌 관리하는 벨기에 시티뱅크 담당자 명함을 줬다. 약속 잡고 당장 방문해서 구좌를 트고 돈도 다 옮기라고 그날 밤 여러 번 당부를 하셨다. 담당자 이름을 보니 핫싼 어쩌고, 아랍출신인 듯하다.

시아버지 성화에 그 다음 날 당장 벨기에로 향했다. 파리에서 차로 가면 한 네 시간 정도 걸린다. 길도 모르는데 구글에서 지도를 프린트했다. 고서방은 완전 천하태평, 우리에겐 내비게이션이 있는데 뭐하는 짓이냐며 나를 비웃기까지 했다. 벨기에 국경을 넘자마자 내비게이션은 사막도 아닌데 모래시계만 20분째 돌고 있었다(내비게이션에 유럽 지도가 업데이트가 되지 않았던 것).

자랑스레 준비했던 지도를 펼쳤다. 문제는 고서방이나 나나 둘 다 길치 중에도 상길치이다. 지도 따위 줘도 읽을 줄 모른다. 하는 수 없이 지나가는 벨기에 차들을 붙잡고 물어물어 가기 시작했다. 그런데 대답해준 사람은 분명히 '고쉬(왼쪽)'라고 했는데 이 인간이 자꾸 오른쪽으로 가는 것이었다. 직진하라면 유턴하고, 왼쪽이라면 오른쪽으로 가고. 벨기에도 프랑스어를 사용한다.

절대 못 알아들을 리는 없고 왜 반대로 가는 거냐고 짜증을 버럭 냈다. 이러다가 제시간에 은행 못 가게 생겼으므로. 그런 내게 고서방 싱긋 웃으며 하는 말이 시아버지께서 익히 이르시길 "벨기에 인간들은 프랑스인들을 무지하게 싫어해서 길 물어보면 반대로 가르쳐줄 것이 뻔하니 무조건 말하는 거 반대로 하라"고 조언하셨다고 한다.

대체 몇십 년 전 묵은 감정을 말하는 것인지? 그런 식으로 치면 우리도 일본 가서 그런 짓 해야할 판. 당장 난 아버님이 말한 건 잊으라고 정색하고 현지인 시키는 대로 가라고 엄중 지시를 내렸다. 자고로 가까이 있는 마누라 주먹이 더 무서운 법이다.

고서방 내 말 제대로 듣고 겨우겨우 은행 도착할 무렵 시간을 보니 이미 약속시간에서 한 시간이나 지나있었다. 약속시간도 시간이지만 이미 은행 문 닫은 시간이었다. 핫산 씨한테 급히 전화를 했다. 예상 밖에 그는 절대 걱정 말고 쉬엄쉬엄 오라며 은행문은 닫아도 자기는 닫힌 문 안에 꼼짝도 안하고 있으니 도착하면 바로 전화하라고 하신다(이때 알아봤어야 했다. 얼마나 고객이 없으면).

도착해서 피곤해 죽겠는데 핫산 씨로부터 그들의 '어메이징~'(이 사람은 입만 열면 어메이징 어메이징~ 한 백 번은 반복)한 세이빙 프로그램에 대해 장황하게 설명을 들었다. 한마디로 각종 베네핏(혜택)이 엄청나다는 것이다. 골드 카드를 발부하며, 그 카드로 에이비스 등 연계된 업체 이용 시 무조건 30퍼센트 추가 디스카운트에, 세계 어디서나 현금을 인출해도 수수료 빵원이라고 한다.

어메이징, 어메이징, 어메이징한 혜택들에 관한 설명을 인내심 있게 들은 후 이제 드디어 계좌를 열기로 했는데. 그놈의 골드 카드인지 뭔지는 최소 십만 유로 이상 집어넣어야 한다고? 우리가 그런 돈이 어디 있어?

절로 눈이 @@ 이렇게 되었다. 갑자기 짜증이 솟구치고, 왜 시아버지께서는 우리랑 상관도 없는 프로그램을 알려준 것이며, 오늘 아침부터 하루 종일 벨기에를 온통 휘젓고 다닌 그 모든 고생들이 생각나면서 울컥 화가나 은행 문을 박차고 뛰쳐나가기 일보직전이었다.

결국 우린 그 프로그램에 '해당사항 없음'이었고, 대신 일반 세이빙은 이율이 어찌되냐고 물었더니 1.5퍼센트라고(이거 봐, 이거 봐 프랑스 은행만큼도 안 되는 아무짝에도 쓸모없는 프로그램인데 시아버지를 믿었다니) 대답하는 핫산 씨도 완전히 맥 빠진 표정이었다. 자기 딴엔 VIP 고객 온다고 퇴근도 안하고 기다렸는데.

고서방도 미안한 마음에 그냥 계좌라도 열기로 했다. 핫산 씨도 허탕 치는 것보단 나으니까 합의하에 계좌 여는 작업을 컴퓨터 한 대를 놓고 시작했다. 근데, 아니 난 벨기에면 엄청 잘사는 나라인줄 알았는데 컴퓨터가 후져도 너무 후져 언제적 사양인지도 모르게 생겼다. 요즘 뒤통수 빵빵하게 달고 있는 옛날 TV같은 모니터가 어디 있다고.

밥통같이 생긴 모니터에 헬리콥터 뜨는 소리 내는 본체하며, 창 하나 여는데 모래시계는 하얀 바탕에서 오분을 넘게 뱅뱅 돌아야 하고, 하나하나 겨우겨우 해 가는데 컴퓨터가 어찌된 게 내 이름만 넣으면 에러가 나는 것이었다.

핫산 씨도 당황한 얼굴로 여러 번 다시 시도하고, 또 하고 하면서 계속 '어메이징~~ 인크레더블~~~'만 연발해 댔다. 그냥 불어 써도 되는데 딴에는 나를 배려하느라 이상한 영어를 쓰는 눈치였다. 대체 그 안타까운 상황에 왜 어메이징과 인크레더블을 갖다 붙이는 건지(인간아, 이게 신나는 상황이더냐?).

난감하기도 하고 한심하기도 한 묘한 심정 속에서도 어메이징 소리를 백 번째 들으니 갑자기 웃음을 참을 수가 없었다. 나는 드디어 참지 못하고 배를 잡고 데굴데굴 구르기 시작했다. 정말 그 상황에 있어보지 않으면 그 느낌을 알 수가 없겠지만 답답해 죽겠는데 자꾸만 어메이징이라고 해대니.

결국 고서방이 우리가 또 벨기에 올 일이 조만간 있으니 그때 다시 진행하자고 핫산 씨를 설득했다. 그때까지도 계속 핫산 씨가 미친X 보듯 쳐다보든 말든 배 잡고 데굴데굴 구르고 있었다(난 원래 잘 안 웃는데 한 번 웃음보가 터지면 최소 10분 이상 멈추지 않고 나중엔 호흡곤란에 복통을 일으켜 울면서 마무리 짓곤 한다). 간신히 웃음을 멈춘 후 드디어 해방이다며 가볍게 일어나면서 씨티은행 로고가 찍힌 볼펜 하나를 조용히 챙겼다. 무지하게 잘 써지는 볼펜이었다. 여기까지 왔는데 볼펜이라도 챙겨야지 했는데, 핫산 씨가 볼펜을 백에 넣는 걸 보더니 친절한 말투로 그 볼펜 자기 거라며 내놓으라고 한다(아마 내가 자기보고 엄청 웃어서 삐진 듯).

다시 파리로 돌아오는 길 내내 고서방이랑 시아버지 험담만 주구장창 네 시간을 하며 왔다. 아직 흉볼 게 남았는데 정신 차리고 보니 어느새 시아버지 아파트 입구에 도착하고 말았다.

삼천궁녀 거느린 남자의 보양식은?

하루는 시아버지 집에 놀러가게 되었다.

나에게 우리 시아버지랑 둘만의 시간을 갖는다는 것은 참으로 사양하고 싶은 일 중 하나다. 할 말도 딱히 없는데다 시아버지는 사진작가를 너무 오래해서 그런지 사람을 부담스럽도록 자세하게 들여다보시는 경향이 있으셨다. 한 번은 그 노안에도 내 마스카라가 뭉친 걸 지적했었다.

그런데 그날은 고서방이 나랑 같이 갔다가 급한 일이 생겨 한 시간 정도 자리를 비우게 되고 시아버지와 단둘이 마주 보고 앉아 어색함에 몸 둘 바를 모르고 있는데, 시아버지가 또 또 또! '김정일' 얘기를 꺼내셨다. 건강을 먼저 물으신다, 대체 왜?

아주 말짱하더라고 전해드렸다. 그랬더니 그는 어쩜 그리 건강하냐고 궁금해 하시기 시작한다. 딱히 할 얘기가 없어서 주워들은 '김정일 삼천궁녀설'을 좀 얘기해 드렸다. 아니, 그렇게 신나라 하며 들을 수가 없는 것이다. 몸을 더 가까이 하면서 진짜 빠져들고 계셨는데 문제는 내 지식이 너무 얄팍하다는 데에 있었다. '그렇다더라~~' 이후 할 말이 딱히 없는데 우리 시아버지는 이미 질문세례를 시작하셨다.

"어쩜 그 나이에 그리도 정력적이냐. 대체 뭘 먹는다냐."

보양식에 강한 한국인답게 그냥 아는 지식으로, 생각나는 대로 말하기 시작했다.

"진생!"

"That's too normal! I'm pretty sure he takes something special!" (그건 너무 평범하지 않니? 내 생각엔 확실히 그는 뭔가 특별한 걸 먹을 것 같은데 말이지)

"Maybe deer's blood?" (그럼 아마 사슴피? 이제부터는 무슨 퀴즈도 아니고 물어보기 시작한 분은 시아버지인데 내가 꼭 답을 맞추는 것처럼 되었음)

"노노~."

"Then, snake?" (그럼 뱀? 생각나는 대로 떠들어대기 시작했다. 내가 김정일 보양음식을 어찌 알리오!!)

"I don't think so." (그건 아닌 거 같아. 대체 근데 이게 시아버지와 며느리가 나눌 토론인지?)

"I think, some frogs?" (그럼 개구리를 좀 먹나? 왠지 맞추고 싶어졌다)

"No! more special!" (뭘 바라는 것인지? 충분히 지금까지 나온 거 다 역겨운데)

"Then I guess that's turtle!" (그럼 거북이!)

"It makes sense! interesting!" (그거 말 되네~ 흥미로운 걸? 왜 내가 이런 시험을 봐야 하는 것인가?)

다행히도 나의 휴대전화가 울리기 시작해 이 이상한 대화는 여기서 단절되었다. 전화가 걸려온 곳은 보험 회사였는데, 상담원과 통화를 계속 잇기 위하여 오만 잡담을 다 시도했으며 보험 중에 보조 운전자 뿐 아니라 제3자 운전자를 추가하면 어찌 되냐는 등 관심 밖의 질문까지 억지로 해가며 대화를 이어 갔다.

은근히 그 보험 에이전트도 나의 창의적인 새로운 질문 세계에 관심을 가지며 나와의 대화를 즐기기 시작할 무렵 드디어 고서방이 일을 마치고 들어왔다. 어찌나 반갑던지. 근데 고서방이 컴퓨터를 뚫어져라 보고 계신 시아버지 뒤쪽에 가서 살피더니 '왜 거북이 요리하는 곳을 구글링하고 있는 거냐'며 화들짝 놀랬다. 정말 드셔보실 생각이셨던 듯하다.

____한밤의 방문객, 전설의 스타

파리 시아버지 댁에 살 때 하루는 밤 10시에 누군가가 초인종을 눌렀다.

'늦은 시간에도 저리 당당하게 초인종을 연속해서 울려대는 인간이 누구일까?' 이 시간에 와도 상관없다는 것쯤은 다 간파하고 있는 걸로 보아 이 집안 지인인 듯싶어 한국말로 욕이 한바가지 나오려는 걸 참고 대문을 열었다.

"헉!"

깜짝 놀랐다. 문밖에는 이름만 대면 다 아는 대스타가 서 있었다. 할아버지가 다 된 모습이었지만 아주 어렸을 때부터 최고 이상형으로 삼으며 늘 흠모해 온지라 한번에 알아보았다(글의 내용과 관련한 프라이버시를 위해 차마 그의 이름은 말할 수 없음을 양해 구함). 스타 할아버지는 눈 튀어나오게 뜨고 입도 헤~ 벌리고 있는 우스운 꼴의 배불뚝이(나 그때 임신 중이었음) 동양 여자에게 나이스하게 웃더니 시아버지를 찾았다. 막 더듬거리면서 영어로 안에 계시다고 대답했다. 와중에 그나마 한국어 안 튀어나온 게 다행이었다.

자주 오는지 고서방은 놀래지도 않고 볼따구니 뽀뽀 두 번하고 다시 인터넷에 집중을 하고 시아버지는 돌아보지도 않고 거기 아무데나 엉덩이 걸치라고 쿨~하게 한마디. 나만 안달복달 이 대스타를 어찌 대접하나 난리가 났다. 뭘 마실거냐 물어보니 또 나이스하게 웃으면서 "네가 주는 건 구정물도 스위트하겠다"고 하신다.

오 마이 갓! 정말 심장이 떨렸다. 그 짧은 순간에 '이래서 오십 살 차이나는 할아버지한테 20대가 시집갈 수도 있구나, 늙어도 이런 인물은 젊은 놈 열이 안 부럽구나' 하는 생각이 뇌리에 스쳤다. 스타 할아버지께서는 웬만하면 로즈 샴페인이 있으면 좋겠다고 하셨다. 로즈 샴페인과 연어 카나페를 겁나게 빠르게 빛의 속도로 빚어냈다(내게 이런 장금이의 피가 흘렀었다니?). 손을 부들부들 떨어가며 크림으로 카나페에 앙증맞게 화룡정점 콕콕 찍어줬다. 상을 들고 나가니 시아버지와 대스타 막 이야기를 시작하고 있었다.

시아버지는 어찌하여 자기가 이런 꼴사나운 갑옷 차림(시아버지는 애인과 여행 중 베니스 호텔에서 샤워하다 뒤로 넘어져서 등짝 나갔던 상황이었음)인지를 설명하셨고 대스타는 웃긴 부분에서도 박장대소는 하지 않으시고 그저 빙그레 꽃미소만 날리셨다. 그 미소에 내 마음도 날리고.

수줍게 준비한 샴페인과 카나페를 최대한 조신 모드로 무릎까지 까딱 굽혀가며 서빙을 했다. 이에 대스타 '메르씨 보꾸(매우 고맙다)'를 연발해주셨고 난 심장이 뛰다 못해 몸 밖으로 튀어나올 판이었다. "드 리엥, 쎄 장띠(천만에요~ 참 친절하시군요)"이라며 수줍게 또 미소를 지어보였다. 시아버지 이런 나를 계속 예의 주시하더니 "너 부엌에서 준비하면서 이미 몇 잔 마셨냐? (켁! 전 임신 중이라고요!), 왜 이리 스위트한 게냐"며 뜬금없이 "내가 니 시아버지다"라고 갑자기 선언하셨다. 수시로 보는 시아버지, 게다가 지금은 동거 중인 시아버지랑 내 평생 처음으로 눈앞에서 본 전설의 스타랑 같냐고요? 대스타 하하하 호탕하게 웃으시면서 "그럴 만도 하지, 나를 봤으니"라고 했다. 경지를 넘은 저 왕자병의 진수, 난 그래도 그럴 만하다고 바로 수긍했다.

보아하니 별 이유가 있는 방문은 아니고 며칠 전에도 만났던 모양이었다. 서로의 일정에 대해 얘기 좀 나눈 후 대화거리가 떨어지자 시아버지가 번뜩이는 눈으로 나를 쳐다보셨다. 난 속으로 외쳤다.

'또 왜?! 리브 미 어론 플리즈!(나 좀 내버려 두세요, 제발!)'

엄습하는 불길한 이 기운. 갑자기 시아버지가 나를 화두로 삼기 시작했다. 쟤가 한국인이라고 대스타에게 소개했고(어쩌라고요?) 난 '설마 저 스타도 김정일을 물어보는 건 아니겠지?'라고 생각했다. 그 스타 할아버지는 역시 수준이 남달랐다. '최근에 한국 영화 박쥐를 보았는데 흥미로운 작품이었다' 뭐 그런 이야기를 했다. 속으로 박쥐도 미리 미리 챙겨보지 않은 게으른 나를 자책 또 자책했다. 대스타는 영화 얘기를 하시는데 시아버지는 또 김정일 얘기를 꺼내셨다. 못살아. 김정일이 거북이탕을 먹어 3천 궁녀를 거느린다는 내 맘대로 전해준 완전 구라 통신을 진지하게 전하셨다.

"3천????? 그게 가능이나 하냐"며 "럭키 가이, 체력 장난 아니다" 등 갑자기 두 할배가 목소리 두 톤은 올리며 긴박하게 흥분의 대화 모드로 돌변했다. 시간은 바야흐로 깊어가는데 두 사람은 거북이탕에 대해 본격적으로 열띤 토론을 벌였다. 대스타께서는 거북이 껍질을 벗기는 도구가 따로 있느냐는 것에 중점을 두었고 시아버지께선 "뱀이나 개구리 또는 지렁이에 흙을 탄 맛일 듯하다"며 주로 맛에 대한 집중탐구로 점차 심도 깊은 대화를 이어갔다.

그런데 문제는 시덥지 않은 대화 내용보다도 이 두 할배들이 연신 방귀를 뀌는 거였다. 시아버지는 그렇다쳐도, 정말이지 대스타에게

홀딱 깨버렸다. '나 왜 연어 카나페는 만들고 난리였나. 왜 내가 야밤에 방귀 연료는 대줘서 이 고생인가' 정말 자아비판 살벌하게 했다. 집에 화장실도 세 개나 되는데, '각자 마음에 드는 화장실 하나씩 잡고 그냥 해결을 보는 건 어떠신가?' 하고 권하고 싶을 정도였다.

가운데서 딱히 할 말도 없었지만 또 일어나기도 예의 없어 보여 심히 괴로워하는 중에 고서방이 저 만치서 인터넷질만 열심히 하다가 갑자기 한마디 했다.

"아빠! 김정일 알츠하이머래"(당시는 김정일 사망 전이었다).

뭐 그게 그리 대단한 말인가? 갑자기 순간 정적이 흘렀다. 이어 애도의 방귀 대포소리 한두 번 울려 퍼진 후, 시아버지 갑자기 대스타의 다음 일정을 질문하였다. 방금 전 거북이탕에 대한 심각한 토론에 대한 결말도 없이 바로 뜬금없는 두 사람의 또 다른 대화가 시작됐다(그날 이후 시아버지의 거북이탕에 대한 언급은 두 번 다시 들을 수 없었다. 아마 비약이 심한 분이시라 거북이탕이 알츠하이머 발병에 지대한 공헌을 한다고 나름대로 결론 내렸을지도 모름).

새벽 2시쯤 되어서야 대스타가 운전사한테 전화를 해서 차를 밑에 대기하라고 하고 자리를 털고 일어섰다. 아마 그냥 방에 들어가서 잤어도 아무도 뭐라고 하지 않았을 텐데, 왜 그날따라 없던 예의를 차리고 끝까지 그 화생방 훈련을 했는지.

그날 밤 마지막까지 그 스타 할배는 내게 큰 여운을 남기고 떠나셨다. 문밖까지 배웅을 하는데 나더러 "그럼 북한에서 온가족이 탈출을 한 거냐 아님 혼자만 빠져나온 거냐" 물었다. 네 시간을 함께 했는데, 서울 얘기도 해드렸는데, 난 김정일 잘 모른다고도 했는데…… 혼자 탈출했냐고?

시아버지와의 불편한 동거

고서방 일 때문에 프랑스에서 다시 미국으로 가야 했다. 그런데 미국 가는 일정이 몇 달 늦춰지는 바람에 프랑스에 집을 다시 구하기도 애매한 상황에서 마침 비어있던 시아버지의 아파트를 사용해도 된다는 허락을 받고 뛸 듯이 기뻤었다.

우리 시아버지는 파리 근교 부촌에 옥상 문을 열면 풀장이 있는 복층 아파트를 가지고 계셨다. 그러니 우리 같은 소시민이 구경조차 못 해본 곳에서 지낼 수 있다니 어찌 기쁘지 않았겠는가. 드디어 그 집으로 이사를 간 첫 날은 임신 중인 것조차 잊고 깡총깡총 뛰며 기뻐했었다.

"내가 영화에나 나오던 그런 집에 있다~~~!"

"봐라 봐라, 내 인생에 이런 집에서 자는 날도 있다!"

"저 멀리 에펠탑도 보인다!"

옥상에서 나의 벅찬 심정을 한국어로 마음껏 외치며 기쁨의 미소를 지었다.

그런데 젠장. 시아버지가 비즈니스 때문에 이사한지 딱 이틀 후에 파리로 오셨다. 그래서 시아버지와의 동거가 시작되었다. 집이 아무리 넓어도 시아버지의 숨소리는 무척 가까이 들리는 법. 며느리라고 음식은 도맡아 하는데 내가 하는 스파게티마다 '면이 덜 되었다'든지, '소스가 너무 뻑뻑하다'든지 하는 토를 다셨다

하루는 나더러 마스터의 솜씨를 보라며 자기가 직접 토마토 소스까지 만들어 본인이 늘 강조해 마지않던 '모든 재료와 모든 타이밍이 적절한 신의 파스타'를 선사하셨는데, 오 마이 갓~ 완전 늙은이 취향! 나는 이탈리아에도 스파게티 죽이 있는 줄 처음 알게 되었다. 면이 거의 반 소화된 수준.

어쨌건 참으로 답답하고 무거운 공기 속에 하루하루 지내던 중, 할렐루야! 시아버지가 여자친구랑 이탈리아 베니스를 다녀오신다고 한다. 그런데 베니스에서 돌아오신 시아버지는 반 불구가 되어 돌아오셨다. 베니스 호텔에서 샤워를 하시다가 뒤로 넘어져 등짝이 나가셨다고 한다. 아니 하루 이틀 하는 샤워도 아니고 어쩌다?

그때 나는 임신 5개월이었다. 신체적 불편함 때문에 이후 나를 전천후 리모컨으로 사용하시는 시아버지와 하루 종일 붙어 있는데 무엇보다 심각한 문제는 시아버지가 시시때때로 방귀를 진짜 마음대로

뀐다는 것이다. 남편도 내 앞에서 못 뀌게 하는데 정말 환장할 지경이다.

하루는 고서방이 시누이 프로젝트를 같이 도와주고 함께 귀가했다. 그들이 현관을 들어서는 순간, 시아버지가 또 한 번 좀 전에 먹은 씨푸드 스파게티를 냄새로 다시 한번 회상하는 시간을 가지시는 중이었다. 마침 눈이 마주친 고서방을 향해 몰래 토악질 흉내를 열심히 내보였다(사실 그 전에도 시아버지의 방귀로 불평한 적이 있었지만 고서방은 어쩌다 실수로 한 번 샜을진 몰라도 작정하고 그러시진 않을 거라며 옹호 했었다).

현장을 목격한 고서방이 놀랜 듯 시아버지에게 "이게 무슨 역겨운 행동이냐"며 "나도 와이프 앞에서는 방귀 안 뀌는데 어떻게 시아버지가 며느리 앞에서 부끄러운 줄도 모르고 방귀를 뀔 수 있는 거냐!"며 경청 중에 저절로 시원해질 만큼 만족스러운 일침을 날렸다.

그러나 아들의 강도 높은 항의에도 끄떡없는 시아버지는 무심하게 거북이걸음으로 지팡이를 짚고 한 걸음 한 걸음 꼼꼼히 움직이면서 대답했다.

"네가 못 뀌는 거지 나랑 뭔 상관이냐."

"그리고 나는 별로 먹은 게 없어 냄새도 안 난다."

강력한 항의가 통하지 않자 고서방은 시아버지를 따라 들어가면서 앞으로 조심하라고 아젤이 특별히 방귀를 엄청나게 혐오한다고 통사정을 하기 시작했다. 그런데 큰시누이가 그걸 보더니 '이 집에선 방귀 프리(자유)냐’며 자기는 집에서 남편 때문에 가스 분출이 어렵다면서 거나하게 뀌어댄다.

진심으로 사랑하기엔 너무 먼 인종, 국적을 초월하여 하나된 그 세상, 그것은 ‘시월드’.

So, how is 김졍일?

고서방이랑 사귄지 좀 되었을 때 고서방 아버지가 산타모니카(LA지역 해변에 위치한 도시로 인근에 말리부, 베니스가 있음)에 살고 있으니 같이 식사를 하는 것이 어떠냐고 했다.

나는 나름대로 예비 시아버지 만나러 가는지라 엄청나게 긴장이 되었다. 그러나 예비 시아버지께선 나를 만나자마자 거두절미하고 “So, how is 김졍일? he is ok?(그래 김정일은 어때? 건강이 괜찮은가?)”라고 물었다. 이 집 사람들은 왜 이리 김정일 건강에 관심이 많은건가? 집을 알아보러 처음 들렀을 때 내가 한국인이라고 했더니 고서방의 맨 처음 질문도 바로 저 문장이었다.

한참 세월이 흘러 집안의 어르신 고모 할머님을 만나 뵙게 되었다. 이분 역시 예외 없이 김정일 건강을 챙기신 이후 “왜 그는 맨날 칙칙한 똥색 옷 한 벌만 입고 나오느냐”고 따지듯 물으셨다. ‘난 그의 친구가 아닙니다' 라고 대답할까 하다가. 그 똥색 옷이 수백 벌이라 한 번 입고 다른 거 또 갈아입는 거라고 내 마음대로 지어내서 대답했는데 아무래도 내 말이 맞지 싶다.

주로 TV 뉴스에 자주 등장하는 것이 북한이다 보니 그들의 뇌리에 한국 = 북한으로 남아 있지 않을까 생각한다.

김정일에 대한 관심은 파리에서 패션 사진전문작가로 왕성한 활동 중인 큰 시누이도 마찬가지였다. 루이비통에서 고맙다고 신상품 백도 마구 선물로 보내는 그런 영향력 있는 저명 여류 사진작가 중 한 명으로 겉으로 보면 엄청나게 세련되고 날씬한 전형적인 프렌치 여성 그 자체이다.

근데 실상은 알고 보면 그렇게 덜렁대고 주변 정돈 못하는 여자도 드문 편이다. 파리에서 처음 만난 날 우리를 길거리에서 만나 자기 차에 태우고 파리 시내를 광란의 질주를 무작정 시작하심으로써 나에게 강렬한 첫인상을 남겼다.

나는 그때 임신 7개월째로 그녀의 아들 알렉산드로와 뒷자리에 앉았다. 차는 한마디로 쓰레기더미가 네 바퀴를 달고 움직이는 거라고 상상하면 된다.

시누이는 내가 제대로 타고 문도 닫기 전 오랜만에 본 동생, 고서방이랑 즉각적이고도 열정적인 수다를 떨며 광란의 질주를 시작했는데 그 좋다는 센강 주위며 루브르 박물관 근처며 어찌나 정신 사나운지 시종일관 눈을 감고 있을 수밖에 없어 결국 아무것도 본 기억이 없다. 6살짜리 알렉산드로가 그런 나를 안타까워하며 조용히 물병을 손에 쥐어 주었다.

드디어 목적지에 도착하여 주차를 하고 그 주차장 티켓을 꼬마 알렉산드로가 받아 주머니에 챙기는걸 보고 다시 한번 놀랄 수밖에 없었다. 철없고 산만하기 그지없는 엄마 대신 너무 일찍 성숙한 꼬마라는 생각이 들었다.

그때도 한참 고서방이랑 떠들어 대던 시누이 문득 나를 돌아보며 물었다(맹세코 이 문장이 맨 처음 날 보자마자 '하우 아 유' 다음으로 한 문장이었음).

"소우~ 하우 이즈 김죙일?!"

______6살 알렉산드로의 거부할 수 없는 명령

시조카 알렉산드로는 그가 만 6세였을 때 처음 만났다. 원래도 애들한테 관심도 없었고 대체 어느 나이 땐 어느 정도가 똑똑한 건지 감도 못 잡던 나였지만, 임신을 하고 나니 세상에 아기가 다 예쁘고 다 귀여웠다. 특히 알렉산드로를 보니 내 아기도 저 정도 되면 난 세상에 둘도 없이 행복하겠다는 생각이 들 정도였다.

우리 큰 시누이를 드디어 파리에서 처음 만나기 전날 밤 고서방에게서 잠시 사전 브리핑을 들었다. 그 말 많은 고서방이 시누이 설명할 땐 간단명료하게 한마디 했다. 큰 누나와 나는 엄마는 다른데(큰 누나는 시아버지와 전처 사이의 딸임) 나랑 똑같애(할렐루야~ 내일 따블로 정신 사납겠구나~).

나는 그때 임신 7개월째로 절대 가고 싶지 않은데 시누이가 죽어도 하룻밤을 자기 집에서 묶고 가라고 난리법석이었다. 거기다 성격이 엄청 드라마틱해서 괜찮다고 처음에 두 번 거절하니 곧바로 울어버려 난감했다.

할 수 없이 끌려가다시피한 시누이의 집은 파리 근교 꽤 좋아 보이는 동네에 위치한 넓고 근사한 단독주택이었다. 가기 전부터 무척 바쁜 프로페셔널 사진작가 커리어 여성이니 살림을 잘할 거라곤 기대도 안했지만 현관 불을 켜는 순간 박쥐가 나는 줄 알았다. 난 현관 지나 거실 입구부터 그렇게 옷이며 잡동사니가 마구 널려 있는 집은 난생 처음 봤다. 이미 카메라 충전기 하나 즈려 밟아 발바닥에 불이 나는 중인데 알렉산드로가 다시 나를 조용히 잡아당기더니 "아빠가 일본 공연 중이라서 그래"란다. 그 말 한마디에 모든 것을 간파했다. 이집 역시 나와 고서방 같은 부부관계, 다만 성(性)이 바뀌었을 뿐.

그래도 양심은 있는 시누이, 금방 치워 줄테니 소파에 앉으라며 잠깐만 기다리라고 했다. 소파 위에 한 무더기 놓여 있는 빨래더미를 왕창 들더니 식탁 위로 옮기고는 다 치웠다며 앉으란다. 그래도 한 시간쯤 지나니 그 지저분한 풍경이 그런대로 아늑하고 지낼만하게 느껴졌다.

설거지를 한 건지 안한 건지 구분이 어려운 컵의 녹차를 애써 마시며 재기발랄한 시누이의 패션계 뒷얘기를 신나게 듣고 있는데 밤 10시가 넘어 전화가 오기 시작했다. 시누이가 자기 남편일거라며 일본에서도 자기를 그리워하느라 이리도 전화를 해댄다며 전화 끊길까 두려울 정도로 길게 자랑을 늘어놓은 다음에 전화를 받았는데.

"뭐라고? 언제?"

뭔가 큰일이 난 모양이다. 전화를 급하게 끊더니 프렌치 특유의 오바액션, 감탄사를 연발하면서 법석이다. 진정하는데만 5분이 지나가고 고서방과 나는 대체 무슨 큰일인가 싶어 앉아 있지도 못하고 안절부절하고 있는데 알렉산드로가 소파에 드러누운 채로 한마디 했다.

"아빠 왔대?"

그랬다. 우리 시누이의 남편은 아르헨티나 혈통 라틴음악 밴드 리더이자 그쪽에선 꽤 알아주는 뮤지션으로 시누이보다 6살 연하이다. 시누이가 한눈에 반해 결혼까지 골인한 인물인데 그 후서방께서(이름이 후안 호세임) 꽤나 한 깔끔하시는 모양. 집안 더러운 꼴을 못 보신다고. 문제는 그분이 마누라 기쁘게(?)해 줄 요량으로 일정을 거짓말하고 깜짝 귀국을 한 것이다.

드골 공항에서 수속하고 어쩌고 저쩌고 하고 오면 두 시간 안에 도착할거라고 한다. 어른 셋이 우왕좌왕 어쩔 줄 몰라하고 있는데 6살 알렉산드로가 지저분하게 널린 온 집안의 엄마 옷을 끌고 지하실로 내려가기 시작했다. 그렇게 몇 번을 왔다갔다하더니 침착하게 어른 셋에게 각자 분업 작업을 지시했다.

"이 시간에 청소하고 정리하는 건 절대 불가능하다. 아빠가 이 시간에 와서 밥먹을 일은 없으니 더러운 접시는 모두 챙겨 찬장에 숨겨라. 물은 마실 수도 있으니 엄마는 적어도 컵이라도 좀 닦아라. 임신한 외숙모는 힘드실 터이니 내 사촌을 위해 좀 쉬어라. 힘세게 생긴 외삼촌은 서서 뭐하느냐. 널린 것들을 안 열어볼 만한 곳에 다 숨겨라."

이런 똑똑한 6살을 봤나.

감탄도 하기 전에 어른 셋이 알렉산드로의 명령에 절대복종, 이미 기계적으로 미친 듯 움직이고 있었다. 고맙게도 임신한 나는 배려해 주었지만 성질상 쉬는 게 더 불안한 소심한 인간이라 나도 열어볼 만한 곳, 절대 오늘밤엔 안 열어볼 만한 곳을 깨알같이 고서방 옆에서 조언해 주었다.

이미 우리가 방문 중이란 얘기를 들은 후안 호세, 드디어 집에 도착하여 문을 활짝 열고 들어오면서 '서프라이즈~~~'하고 사람 좋게 허허허 웃었다.

'그래. 진짜 왔어, 서프라이즈. 나도 정말 놀랐다고.'

출장 간 남편들이여, 제발 말도 없이 하루 일찍 돌아오면 와이프가 엄청 좋아할 거라는 착각 좀 하지 말지어다.

정리정돈의 고수

파리를 떠나기 전 다시 한번 들른 시누이네.

알렉산드로가 제일 먼저 반갑게 나를 맞았다. 태권도 학원을 다니는 이 꼬마는 나를 위해 내가 방문할 때마다 도복을 입고 체육관에서 딴 가짜 금메달을 목에 걸고 있었다. 근데 자꾸 나에게 태권도 룰이나 역사를 질문해 대는 통에 무척 곤란했다.

나는 이 꼬마랑 인사로 볼따구니 뽀뽀 두 번 할 때가 제일 행복하다. 그 보들보들한 피부하며 수줍은 미소, 너는 필히 훈남이 될지니.

자기랑 진짜 친한 이들에게만 공개한다는 장난감 보물 창고로 나를 인도했다. 악 소리 나게 잘 정리정돈된 그의 장난감 보물창고. "이거 네가 다 정리한 거냐"고 물으니 뿌듯한 미소를 띠며 크게 고개를 끄덕인다. "너는 정말 훌륭한 아이다. 주변정리를 이리 잘하면 공부도 잘할 거고 뭐든 잘해낼 거다"라며 마구 마구 칭찬을 해줬다.

어느새 둘이 죽이 맞아 바닥에 양반다리를 하고 앉아서 정리정돈의 세계에 대한 집중탐구에 들어갔다. 고서방을 만나기 전까진 취미생활이 청소와 정리정돈이었던 나, 잊고 있던 세계에 대한 그리움이 솟구치고 그리 감동적일 수 없는 것이다.

한때 별명이 프렌즈의 모니카였던 나답게 여러 가지 방법론을 제시했다. 장난감을 크기별로 정리할 수도 있고, 종류별로 정리할 수도 있고, 텍스쳐(질감)별로도 정리할 수 있으며 용도에 따라서도 정리 가능하다. 내가 생각해도 명쾌하다 스스로 뿌듯해 하며 강의를 마무리하려는데 이 명석한 학생의 촌철살인! 씩 웃으며 말했다.

"난 사용 빈도수별로 정리하고, 그 대분류 아래에 크기별이라는 작은 항목을 다시 두어 세부 정리했다"라고 하는 것이다. "몽디유(오 마이 갓) 인크레더블리 스마트!" 나 두 엄지를 내세워 그의 앞에 선사했다.

시누이시여! 아들 복이 끝내 주시는구랴.

시아버지 생일날 선보인 발가락 신공

최근 고서방과 함께 빠진 미국 드라마는 'no ordinary family'. 온 가족이 우연히 초능력을 갖게 되면서 더 이상 평범하지 않은 삶을 살아가는 이야기로 특히 엄마의 초능력(왕 초스피드)은 정말 부럽기 짝이 없었다. 그런 나도 보잘 것 없는 능력이 하나 있는데 이는 전적으로 나의 게으름이 계발시킨 것으로 어지간한 사물을 다 발가락으로 집을 수가 있다는 것이다. 심지어 콩도 하나하나 주울 수 있고, 리모컨으로 채널 바꾸고 화면 조정도 가능하다.

나도 잘 알고 있다. 그 기술을 사용할 시 얼마나 한심해 보이고, 여자답지 않으며, 우스꽝스러운지를. 그래서 가능한 결혼 후 혼자 있지 않을 때에는 기술 발휘를 삼가고 있었으나 애가 둘로 늘어나 작은 애가 수시로 내 가슴팍에 매달려 있으므로 뜻하지 않게 저 꼴상사나운 기술을 하루에도 수차례 선보여야 했는데, 볼 때마다 남편은 물개처럼 박수를 치고 기뻐하곤 했다. 나네뜨 역시 박수치고 손가락 올리며 '굿~' 하며 좋아라 박장대소하고, 내가 무슨 진짜 대단한 기술이라도 가진 양 느끼게 해주는 소중한 가족팬들이시다.

그날은 매년 돌아오는 시아버지의 생신날이었다.

드디어 식사 시간이 왔고 밥 먹기 직전에 다들 준비한 카드와 선물을 증정할 시간이다. 쌓인 선물 박스 옆에 시아버지가 앉으시고 한 명씩 카드 낭송을 하려는데 그때 모두가 발견한 것, 유난히 택배 박스 등 각종 박스를 사랑하시는 우리 첫째 나네뜨가 시아버지 수고하지 마시란 의미에서 모든 박스를 죄다 뜯어 놓은 게 아닌가?

박스를 열 때의 희열과 환호는 이미 생략된 상태. 한 명씩 카드 주고 "거기 나네뜨 오른쪽에 있는 와인이 저의 선물입니다. 벨트 세트가 제 선물입니다. 나네뜨가 빨고 있는 넥타이핀이 보이시나요? 제 선물입니다" 이런 식으로 진행되었다. 딸자식 교육 잘못시킨 것 같아서 무척 민망한 가운데 나이 순으로 진행된 카드 및 선물 증정식의 순서는 어느새 끝에서 두 번째 서열인 막내 시누이 차례가 되었다.

그 즈음 막내 시누이는 시아버지의 눈 밖에 나서 서로 냉전 중이었는데, 사이가 안 좋아도 카드와 선물을 준비한 시누이가 생각보단 성숙하다고 느끼는 순간 그녀의 카드 인사말은 참으로 독창적이고 황당했다. 천편일률적인 생일 카드가 식상하여 자기는 창의력을 좀 발휘해 보았단다. 제목은 하늘에 계시는 할아버지와 할머니가 아들인 우리 시아버지에게 주는 카드라고.

"아랄도야 너도 나이가 많이 들었구나. 이제는 더욱 성숙(?)하고 자식들 간에 차별을 두지 말며 골고루 사랑하는 자랑스러운 아버지가 되기를 바란다. 우리는 항상 너를 그리워하며 기다리고 있다(!!!)."
짧지만 요상한 저 문구의 카드 낭송이 끝나자 미칠 것 같은 정적이 흘렀다. 누군가의 헛웃음, 헛기침 소리 하나 없이 아무도 그 분위기 수습을 위한 어떤 말과 행동도 하지 않았다. 슬그머니 보니 시아버지 얼굴이 정말 썩어 들어가는 표정이다. 그때 정적을 깬 것은 내가 기대했던 시아버지 친구인 폴 아저씨도, 뱅상 씨도, 뤼크 씨도 아니고, 알렉산드로였다.

"제라드 선생님이 그랬는데 군인들같이 전쟁에 연루된 사람들은 천당 가기 힘들댔어~."
돌아가신 시할아버지(해군 제독이었음)가 지옥에 계실지도 모른다는 나쁜 소식과 또 거기서 우리 시아버지를 기다리고 계신다는 더 나쁜 소식이 연발로 터진 것이다. 나는 마침 벽시계와 마주 보는 자리에 앉아 있었는데, 3분이란 시간을 가만히 시계바늘 움직이는 것만 쳐다보며 터져 나오려는 웃음을 참아야 했다.

엎질러진 물처럼 수습 안 되는 와중에 모두들 마치 아무 일도 없었던 양 마지막 카드 및 선물 증정식이 이어졌다. 마지막 차례는 알렉산드로. 나네뜨가 깔고 앉아 있던 알렉산드로의 독사진이 끼워져 있는 액자가 그의 선물이었다. 그런데 저 액자는 분명히 작년 생일에 알렉산드로가 시아버지한테 줬던 것인데, 어째서 저기 또 있는가? 카드와 액자에 대한 감사로 시아버지가 알렉산드로를 껴안아 주자 밝게 웃던 소년이 비장하게 한마디 했다.

소년 : 이 액자는 작년에 내가 할아버지 생일에 줬던 것이다. 기억하세요?

할아버지 : 그랬나? 잘 모르겠는데. 그런데 왜 그걸 또 주나?

소년 : 그때도 최고의 액자라고 하고는 다음에 보니 아무렇게나 구석에 놓여 있었어요. 그래서 제가 다시 정성스럽게 포장해서 선물한 거니 이번엔 잘 간직해 주세요! 그러지 않음 다음해 생일 선물은 뭔지 알겠지요?

할아버지 : …….

완전 맹랑한 7살 아이, 알렉산드로. 분위기를 남극으로 만드는 초능력을 발휘하셨다. 우여곡절 끝에 드디어 식사에 앞서 케이크 점화식이 있었다. 화려한 케이크에 긴 초가 7개, 작은 초가 7개, 저거 한 번에 다 끄시면 침이 좀 많이 떨어지겠다는 생각이 들면서, 난 저 케이크의 윗부분은 먹지 않으리라 다짐하고 있는데 시아버지가 버럭 소리를 지르셨다.

"누가 긴 초 8개 꽂았어? 내가 87세란 말이냐! 이것들이 십 년이나 더 보태고 앉았네@#!@#!$@!$!"

놀라 세어 보니 8개다. 그것도 너무 웃긴데 정말 진지하게 화를 내고 계셔서(사실 그 전에 일어난 상황들이 훨씬 화날 상황들인데, 그때는 아무 말도 안하시더니 초 하나 실수로 더 꽂은 것에 저리도 화를 내시다니) 참느라고 자꾸 제왕절개 때 생각했다. 하여간 뭐 하나 제대로 넘어가는 것 없는 생일 파티지만 그래도 다들 안정을 좀 찾고 식사를 시작했다.

뤼크 씨는 평생 술, 담배를 너무 많이 하셔서 손을 메트로놈처럼 떠셔서 저분이 제대로 식사를 하실 수 있을까 우려가 들었는데, 결국 포크를 떨어뜨렸다. 새 포크야 갖다 드리면 되지만 문제는 테이블 밑에 떨어진 포크였다. 나네뜨가 끊임없이 돌아다니고 있는데 바닥에 반짝거리며 누워 있는 포크가 참 위험해 보인다고 다들 걱정들이다. 하지만 남자들은 대부분 할아버지들이라 허리는 못 굽히시고 여자들은 다들 짧은 치마를 입고 있어서 테이블 밑으로 기어들어가는 건 좀 거시기하고, 들어갈 인간은 고서방 한 명뿐이었다.

다들 고서방을 조용히 응시하는데, 눈치 챈 고서방이 그건 좋은 생각이 아니라며 자기는 덩치가 너무 커서 들어가기 곤란하단다. 그 말만 하고 빠질 것이지 이 인간이 주특기인 쓸데없는 말들을 또 늘어놓는다. 나를 가르키며 "아젤은 발가락으로 뭐든 집는 초능력을 가지고 있다"고 한다. 문제는 청중들이 다들 눈을 반짝이며 나만 쳐다보는 것이다. 난 정말 모르겠다. 발가락으로 물건 집는 게 그리 신기한 재주인가? 어쨌건 그들의 기대를 저버릴 수 없어 발가락으로 포크를 집었다. 사실 그 정도는 일도 아니었지만.

흥분한 관중들이 박수를 쳐대면서 환호하는데 그리 반갑지가 않았고 너무 창피스럽기만 했다. 거기다 시아버지가 보라며 우리 며느리는 참 똑똑하다고 친구 분들께 자랑이시다(발가락으로 뭐 집는 거랑 똑똑한 게 뭔 상관인지?).

그 이후에도 뤼크 씨가 떨어뜨린 후식용 포크와 아이스크림 스푼도 집어 올려야 했다. 식사가 끝난 이후에도 나의 재주에 열광하는 나네뜨와 알렉산드로를 위해 그들의 장난감, 종이, 크레용 등을 집어 올리는 쇼를 끊임없이 보여주며 애들한테 잡혀 중노동을 하였다.

그때 후식을 즐기던 고서방은 시누이한테 신나는 음성으로 요즘 즐겨보는 'no ordinary family'가 어메이징한 쇼라고 떠들어 대고 있었다. 그러자 안 듣는 줄 알았던 시아버지께서 한마디 하셨다.

"니네가 그 노 오디너리 패밀리인데 뭐 하러 남의 집 얘기를 들여다
보냐?"

내가 가졌던 모든 것의 실종.
심지어 내가 가진 줄 몰랐던 어떤 것들의 실종에 대한 깨달음.
30년 넘게 누렸던 '원하는 시간에 잠자리에 들 자유'에 대한 실종.
'밤중엔 평화롭게 자기만 할뿐 깨어야 하는 불쾌함 따위는 몰랐던 편
안함'의 실종.
'마음 놓고 시간의 구애 없이 한없이 꼼꼼하게 할 수 있었던 청소하
는 즐거움'의 실종.
'여자로서의 특권이라 여겼던 화장하는 시간이 주는 즐거움'의 실종.
'시끄러운 이웃을 마음껏 욕하던 우월감'의 실종.

모든 세상사에서 여전히 행사되는 한 가지 진리 '질량보존의 법칙'에
의거해 내 모든 상실과 실종된 그 무엇들은 저 조그맣고 옹골진 생명
체가 다 거머쥐고 있다.
내 까맣고 평화롭던 밤도,
달달한 커피를 삼십분씩 즐길 수 있었던 여유롭던 내 아침도,
여유만만하게 오수를 즐기는 저 작은 생명체에게 헌납되었다.

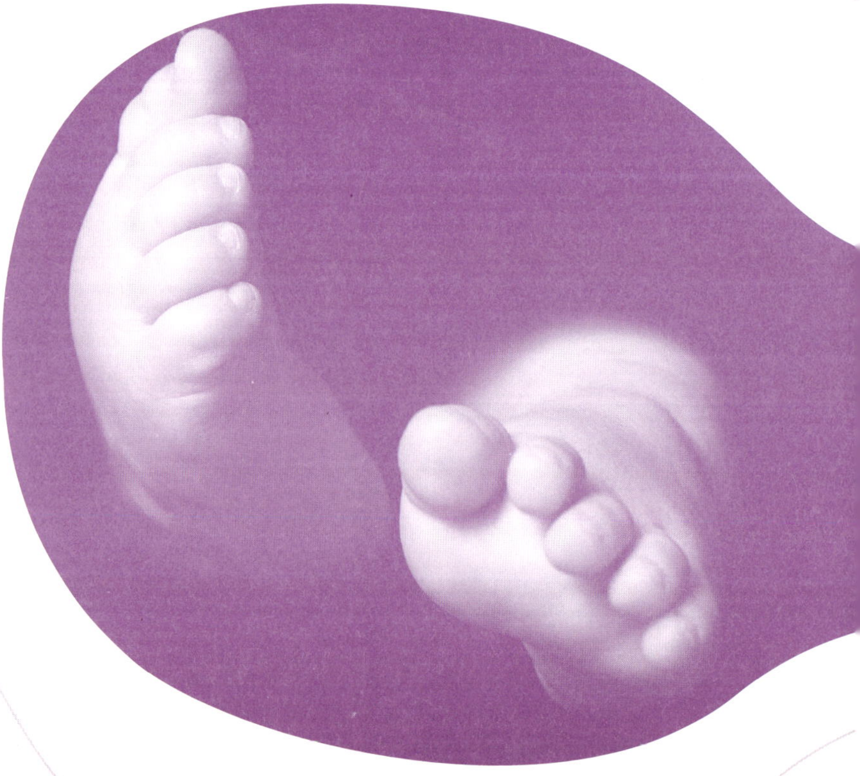

Chapter 05

늦깎이 부모의 육아 전쟁

한 가지 내가 몰랐던 건 그 많은 상실과 실
종 사이에 어마어마한 기쁨이 있을 줄이야.
잃고도 웃음이 나고
즐길 수 없는 모든 것을 잊게 만드는……
엄마가 된다는 건, 내 시간을 가만히 멈춰
버린 요술쟁이를 키우는 것.

사라진 출생증명서

딸 가진 아빠들 중에 딸들을 무척 사랑하는 각별한 이들이 많다고 하는데 고서방 또한 딸이라면 죽고 못 살 정도로 그 애정이 남다르다. 난 애 낳고 몇 번 대판 싸울 때마다 그걸 무기로 삼았었다. 말 안 들으면 애 데리고 한국으로 야반도주 하겠노라고 공갈협박을 하기도 했다.

애 낳고 3달 지나 출생증명서를 발부 받았다. 3통이나 떼놨는데 애 여권 신청하려고 보니 아무리 찾아도 3통 모두 감쪽같이 사라진 것이 아닌가. 고서방을 닦달하니 사실 진짜 내가 애 데리고 튈까봐 서류를 숨겼다고 이실직고한다. 절대 그럴 일 없으니 좋은 말할 때 내놓으라고 구슬렸다.

그러나 고서방, 숨기긴 숨겼는데 어디 숨겼는지를 본인도 잊어버렸다는 것이다. 아직도 못 찾고 있다. 어쩔 수 없이 그 도떼기시장 같은 발급 받는 곳에 다시 가야할 것 같다.

참 좋은 한국식 포대기

아무래도 애도 보면서 집안일도 하기에 '한국식 포대기' 만큼 좋은 것이 있을까. 그래서 한국에서 포대기를 하나 공수 받아 나네뜨를 들쳐 업고 청소며 설거지를 할 때마다 사용했다. 포대기라는 물건을 처음 보는 서양인 고서방은 그런 나를 볼 때마다 폭소를 터뜨리며 '거북이등' 같다는 둥 9개월은 앞으로 넣고 다니더니 이제는 등에다 붙이고 다니냐는 둥 전기파리채 만큼이나 편리한 발명품 '포대기'를 무시하곤 했다. 고서방뿐 아니라 옆집 미국 아줌마도 내가 포대기에 애를 넣고 앞뜰로 나갔을 때 '그게 뭐냐며' 화들짝 놀랐었다.

육아에 지친 나에게 어느 날 고서방이 하루 휴가를 선물했다. 카드를 쥐어 주더니 사고 싶은 것 다 사고 편히 놀다 들어오라고 한다. 친구도 만나고 밥도 먹고 놀다가 느지막이 돌아오는 길이었는데 동구 밖까지 고서방이 쩔쩔 매는 소리가 들려왔다.

"우지 마 우지 마 우지 마~~ 왜구래애~~."

애가 울어 식겁하고 있는 모양이다. 현관문 열자마자 웃음이 터져 나왔다. 고서방이 애를 포대기에 넣어서 등에 업고선 어쩔 줄 몰라 하며 우는 아이를 어눌한 한국말로 달래고 있었다.

힘들어 쉬고 싶어도 내 두 다리로
걸어야 하는 것이 '인생'

허구한 날 유모차에 개 두 마리를 묶어서 온 동네를 돌아다니는 나를 보고 한 주민께서 이 길바닥보다는 저기 조금만 더 가면 아주 작고 예쁜 공원이 있다며 이용을 추천해 주셨다. 공원을 슬쩍 탐사해 보니 예쁜 아기들 천지! 올레~ 나도 나네쯔를 데리고 가야겠다고 결심했다.

드디어 고서방이 쉬는 날, 봐두었던 공원으로 온가족이 출동을 하였다. 유모차를 끌고 꼬마들 사이를 헤집고 다니는데 우리 애가 제일 어려서 그런지 꼬마들한테 인기폭발. 자기들도 내 눈엔 베이비인데 "와우 베이비다!" 소리 지르며 몰려들기 시작했다. "아기 손 한번 만져 봐도 되냐"부터 "자기가 들고 있는 사탕 애기 줘도 되냐"며 질문이 끝도 없다. 또 한 무리는 허스키한테 붙어서 "얘 무냐, 안 무냐 만져 봐도 되냐, 타 봐도 되냐"고 반복해서 묻고 있는 남자 아이들까지. 고서방도 대답하느라 정신없는 중이었다(대답을 듣자하니 먹을 것을 주면서 만지면 안 문다고 허풍을 떨어 개를 앵벌이 시키고 있는 중이다).

그런데 그 많은 수다 중 유독 한 아이의 말이 내 귀에 와서 꽂혔다.

"헤이 친구~ 어쩌고 저쩌고(아무래도 우리 애가 대머리라 보이로 착각한 듯)."

한참 떠들다가 문득 나네뜨의 수줍은 분홍 발레리나 슈즈를 발견하고 여잔가? 헷갈리는 표정을 짓더니 갑자기 나에게 점잖게 이 베이비의 이름이 뭐냐고 물었다.

"나네뜨~" 라고 알려주니

"오케이. 나네뜨~ 릿슨!(OK! Nanette! Listen!)"으로 시작하는 그 아이의 인생 선배로서의 충고가 시작되었다.

"지금 이 순간을 즐겨라. 너도 곧 나처럼 피곤해도 네 발로 걸어 댕겨야 한다. 지금은 유모차에 편하게 앉아만 있으면 엄마, 아빠가 어디든 데리고 가주지만 곧 네 발로 걸어 댕겨야 할 때가 온다. 때론 아주 피곤해서 걷기 싫을 때도 있다. 그래도 걸어야 한다. 그러니 지금 이 순간을 즐기도록."

고서방과 나는 그 충고를 들으며 순간 멈칫할 수밖에 없었다. 5살 꼬마에게도 인생의 짐은 무거운 것인가. 그런데 집에 와서도 자꾸만 그 꼬마의 말이 생각나는 것이었다. 피곤해서 걷기 싫을 때도 있지만 더 이상 나는 유모차에 앉아 엄마, 아빠가 밀어주길 기다릴 수 없다. 피곤해도 걸어야 한다. 그 아이는 정말 다리가 아파 걷기 싫을 때 주저앉아 투정을 부려도 이미 걸을 줄 아는 그 아이를 부모가 더 이상 안아주거나 유모차에 태워주거나 하지 않는다는 소박한 푸념을 한 것일 뿐일 텐데, 나는 왜 그 말이 30대 중반을 넘어선 이 나이에도 뼈저리게 와 닿는 건지.

피곤해도, 걷기 싫어도, 그래도 걸어 나가야 하는 게 인생. 5살 꼬마에게서 간단한 불변의 진리를 하나 더 배운 하루였다.

엄마는 볼일 보는 중

의외로 나와는 다르게 고서방의 교육열은 상당히 남다른 편이다. 일단 애를 5개 국어 능통자로 키우겠다며 매일 같이 각오를 다진다. 한 살도 안 된 애를 붙잡고 신생아 때부터 항상 영어, 불어, 이탈리아어로 떠들어대더니 진정 고서방의 반복학습 때문인지 9개월 조금 넘어 3개 국어를 말하기 시작했다. 그래봤자 몇 단어에 불과하지만. 예를 들면 나를 부를 때 "엄마, 마몽, 맘마~" 이렇게 세 가지로 섞어가며 부르고, 고서방을 부를 때도 "아빠, 빠빠, 대디"라고 세 가지를 섞어 부른다.

어느 날부터인가는 제법 또렷하게 "오께~ (오케이)"라고도 대답하고, 손을 내저으며 "이루와~(이리와~)"도 가끔 말하는데 가장 자신 있게 하는 말은 "갸갸~(불어로 똥)"라는 단어다. 뭐 냄새로도 확연하지만 똥 쌌을 때는 아주 우렁차게 "갸갸~~~~~~"라고 소리를 질러댄다.

178

9개월 짜리 아이가 선보이는 창의력 중 내 생각에 가장 괄목할 만한 것은 아는 단어를 모아 문장으로 의사를 전달한다는 점이다. 주어 + 목적어 + 서술어 식의 고난이도 3형식은 못하지만 적어도 주어 + 서술어로만 구성된 기본적인 문장형태를 스스로 만들어 의사표현을 선보이기 시작했다.

하여간 나와 고서방은 부모된 입장인지라 점점 아이의 언어능력에 심하게 놀래고 있는 중이었는데 이런 감동은 딱 부모에게만 국한되는 모양이다. 남들의 무관심이야 뭐 그러려니 하는데 그래도 친할아버지면 같이 맞장구 좀 쳐 주실 줄 알았다. 줄기차게 우리 애의 언어발달 상황을 보고하는 고서방이지만 시아버지의 반응은 무덤덤하기만 하다.

고서방 : 애가 엄마라고 불렀어요 아부지!

시아버지 : 엄마…… 엄마가 뭐냐?

고서방 : 한국어로 마몽이에요!

시아버지 : 아니 왜 한국말부터 하고 난리냐?

고서방 : 애가 기기 시작했어요 아부지!

시아버지 : 걸으면 얘기해라.

고서방 : 소리내서 깔깔 웃기도 해요 아부지!

시아버지 : 울 줄 알면 웃을 줄도 알아야지.

고서방 : 제법 여성스러워지고 예뻐지고 있어요!

시아버지 : 머리카락 묶을 만큼 자랐냐 이제?

이런 식이다. 나는 듣다듣다 실망스러워서 고서방더러 그냥 아버님한테 얘기 하지 말라고 그랬다.

나는 어렸을 때부터 고치기 어려운 고질병이 하나 있는데 바로 변비다. 특히 신경 쓰이는 일이 있거나, 환경이 바뀌거나, 화장실이 더럽거나 하면 절대 일을 볼 수가 없는데 둘째 임신을 하니 정말 초강력 변비증상이 나타났다.

어제 아침, 드디어 귀하게 신호가 왔다. 마침 고서방은 시아버지와 일 때문에 아침부터 통화 중이었고 수신호로 지금 화장실 가니 방해 말아달라며 간절한 표정으로 부탁하고 화장실로 직행했다. 기도하는 심정으로 안에 앉아 있는데 누가 자꾸 노크를 해댄다. 문틈 사이로 팔랑거리는 쭈꾸미 다리 같은 손가락, 나네뜨이다. 아빠는 통화하느라 정신없고 엄마는 화장실로 사라졌으니 나를 찾아 나선 모양이다.

차마 딸에게는 성질 낼 수 없어서 일단 빌었다. 제발 엄마 좀 내버려 두렴, 살려줘~~응? 그러나 나네뜨는 재미 들렸는지 더 신나라 난타 공연처럼 문을 두들긴다. 난 귀 막고 눈 감고 이제나 저제나 볼일에 집중하기로 했는데, 두드리고 손 집어넣어 휘젓기를 다해도 내가 반응이 없자 드디어 우리 딸 방언이 터졌다.

“마몽~~~ 갸갸?”(엄마 똥 싸?)

“마몽~~~ 갸갸????”(엄마 똥 싸?)

이제는 남편이 원망스럽기 시작했다. 대체 나를 구해주지 않고 뭐 하는 건가! 그런데 여전히 통화를 하고 있는 남편의 목소리가 점점 가까워져 온다. 드디어 애를 데리고 가나보다, 나를 구원해주나 보다 했다.

“아부지! 이거 들리시나요? 애가 지금 문장을 말하잖아요. 들리죠, 들리죠?”

애는 여전히 ‘마몽 갸갸!’를 연신 외치고 있는데 할배한테 생생하게 들려주고자 스피커 폰으로 애 말할 때마다 수화기를 들이대며 통화하는 고서방.

드디어 시아버지 한마디 하셨다.

“그러니깐 지금 에미는 똥 싸는 중이냐???”

오 마이 갓! 아직도 우리 시아버지와 심하게 내외하는데, 본의 아니게 똥 싸는 것까지 생중계로 오픈한, 무척 심하게 프렌들리한 며느리로 거듭나야 했다.

초콜릿이 아니었다!

우리 집 혼혈 아기 둘은 전반적으로 나를 닮진 않았다. 첫째는 동양적이나 그렇다고 이목구비를 따진다면 나를 닮진 않았고, 둘째는 어찌나 나와 다른지 둘만 나서면 보는 사람마다 내가 유모인줄 알 정도이다. 그런데 둘 다 나를 닮은 점이 하나 있는데 바로 저. 혈. 당. 우리 셋은 말 그대로 당이 떨어지면 급격히 무기력해지는데 프랑스 소아과 의사가 이만 잘 닦아주면 카카오 함량이 높은 다크 초콜릿 정도는 약이다 생각하고 먹여도 좋다고 했다. 그래서 집에 항상 쌀은 떨어져도 초콜릿은 넘쳐나는데 콩처럼 생긴 것, 납작한 것, 토끼 모양 등 종류도 다양하게 구비되어 있다. 그런데 당이 넘쳐나는 남정네 한 명이 반 이상을 작살내고 있다.

나를 닮은 듯하면서도 닮지 않은 첫째는 고기 귀신인 나와는 다르게 태생적으로 채식주의자이다. 고기로 국물 낸 것 정도 겨우 먹을까, 덩어리로 존재하는 고기는 절대 먹지 않고 아기들이 그다지 좋아하지 않는 당근, 시금치, 오이, 콩 이런 건 무척 좋아한다. 그래서 똥도 초식동물 똥을 싼다. 기저귀를 함부로 열면 작은 구슬이 마구 굴러 다녀서 아주 조심해야 한다.

그날 저녁도 나네뜨가 땅콩 초콜릿을 먹으며 돌아다니다 똥을 쌌다. 저녁하느라 남편에게 애 기저귀 좀 갈라고 했다. 그 후 한참을 꾸물대기 시작하더니 드디어 갈아 주는가 싶기가 무섭게 갑자기 파리 15구가 떠나가라 소리를 질러댄다.

"으아아아아악!!!!!"

애가 똥을 너무 많이 싼 건가, 냄새가 너무 난다는 건가? 사건 현장으로 출동하니 남편이 애 기저귀를 갈다 말고 머리를 감싸 쥔 채 고뇌에 차 땅바닥에 엎드려 있고 애 둘은 깔깔대며 그런 아빠를 손가락질하고 있다. 나네뜨가 아랫도리를 시원하게 벗은 채로 매트리스 위를 통통 뛰면서

"아 세드 노우!! 아세드 노우 투 빠빠!!(I said No, I said No to PaPa)"

뭘 노라고 했단 건지. 거의 울듯한 표정의 남편이 자기가 나네뜨의 기저귀를 가는 와중에 옆에 초콜릿이 떨어져 있어 먹었다고 했다. 그건, 초콜릿이 아니었다…… 경사났네. 딸을 너무 사랑하여 똥까지 시식한 몇 안 되는 애비 되겠다. 자기가 똥을 먹었다는 사실이 너무나 충격적이라며 입을 헹구고 슬퍼하고 소리를 지르고.

그런데 생각해보니 저리 온갖 수선은 다 떨면서 이는 안 닦은 듯? "그나저나 이는 안 닦냐?" 물으니 "이 닦으면 자기 칫솔에 똥 묻을까봐 안 닦는다"고 한다. 그래, 당신의 입보다 칫솔이 더 소중하다 생각한다면 내 무슨 말을 하리오. 그날 이후로 남편 입에서 똥 냄새가 나는 것 같아 가능한 키스는 피하고 있다.

자식은 열외

처음에 사귀기 시작할 때부터 고서방에게 다짐을 받은 것은 '결코 서로의 앞에서 방귀, 트림 등의 생리적 현상은 자제하자'는 것이었다. 몇 년을 묵묵히 잘 지켜주던 고서방이 아이들이 생긴 이후부터 가끔 불만을 표하기 시작했다. 없는 곳에서 늘 생리현상을 해결하기가 쉽지 않다고 했지만 나는 강경했다. 그것만큼은 양보할 수 없었다. 워낙 나의 결연한 심지를 아는지 고서방도 더 이상은 조르지 않았다.

한가로운 어느 저녁, 빨래를 한쪽 방에서 개키고 있었고 다른 방에서 애들은 비디오를 보고 남편은 뭘 하는지 조용하다. '오랜만에 시끄럽지 않아 좋군⋯⋯' 하고 생각하는 찰나, 갑자기 적막을 뚫고 도저히 작은 초식 동물들의 구멍에선 나올 수 없는 육중한 '뿡' 소리가 들린다. 우리 집에서 가장 큰 육식공룡이 계약을 위반하고 방귀를 불법으로 살포한 것이었다. 어차피 내가 있는 곳까진 냄새가 안 나니 봐 줄까 하다가 듣고도 모른 척 해주면 버릇 나빠질까 싶어 시간차를 두고 그 방으로 직접 행차를 하였다.
육식공룡의 실례가 나에겐 큰 무례인데 초식동물 두 마리는 깔깔대며 웃겨 죽을라고 하고 있다. 냄새나는 게 그다지도 좋은가. 일단

서슬 퍼렇게 방으로 등장, 다 알면서 기선제압을 위해 큰 소리를 일단 냈다.

"대체 누구야! 뽕한 게?"

두 살 반, 한 살 반도 엄마가 뽕에 민감하다는 건 잘 안다. 제일 어린 꼬마는 자기는 아니라며 '노노노노노노' 하면서 헤드뱅잉을 열심히 하고 있고, 육식공룡은 지은 죄가 있어서 이미 얼굴이 불어 터진 토마토처럼 변해 있다. 자수해서 광명 찾을 기회는 누구에게나 있는 법이니 다시 한번 날을 세워 물었다.

"누구냐고!"하고 호통을 쳤는데 입을 떼는 건 범인의 큰 딸.

"빠빠 세드 나네뜨 뽕! 아 돈 노~ 빠빠 세드 나네뜨 뽕! 노 나네뜨" (아빠가 말하길 내가 뽕했다고 하래. 몰라. 아빠가 나네뜨 뽕 했대. 근데 나네뜨 아냐).

'이 인간이 애한테 거짓말을 가르치다니.' '애한테 자기 대신 뽕했다'고 하라며 거짓 진술을 사주한 것이었다. 이것은 뽕보다 더한 대역죄라 엄히 다스리고 다시는 '뽕'도, 거짓 진술 사주도 하지 말라고 엄중 경고하고 돌아서는데 범인의 변호사로 빙의한 큰 딸이 또 말을 붙인다.

"마몽!! 마몽!!"(엄마, 엄마)

"왜?"

"뽕 이즈 오케이! 와이 낫?"(방귀 뀌는 거 괜찮아. 왜 안돼?)

양손을 옆으로 날개처럼 펴고 전통 아메리칸들이 하루 종일 해대는 그 제스처 '어깨 으쓱'을 연발하는 딸에게 갑자기 말문이 막혔다.

"음. 왜냐면…… 아빠 뿡은 진짜 냄새 나기 때문이지."

"냄새?"

애는 코 근처에 손 부채질을 해가며 '냄새 난다고?' 하면서 다시 한 번 확인차 묻는다.

"예쓰, 냄새! 베리 디스거스팅!" (very disgusting : 진짜 역겨워)

난 단호했다. 이제껏 지켜온 우리 집 철칙을 무너뜨릴 순 없다. 옆에 육식공룡은 눈을 반짝이며 귀추를 주목하고 있었다. 잘 하면 같이 산지 몇 년 만에 방귀 뀔 수 있는 자유를 얻나 싶어 가슴이 두근거리겠지. 이 인간은 내가 유독 딸들한테 약하단 것은 기가 막히게 안다.

잘 방어하고 돌아섰다고 생각했는데, 나네뜨가 또 말을 건다.

"벗(but)…… 마몽!! 냄새 어디? 냄새 어디? 냄새 없어!"(냄새는 이미 가고 없단 뜻)

"그건 방귀니까, 냄새는 좀 있으면 없어지는 거지."

무심코 대답한 것이 화근.

"쏘우? (so?) 뿡이즈 오케이! 라잇?"(그러니까 뿡은 괜찮은 거야. 맞지?)

"몰라! 넌 뿡하고 싶으면 백 번이고 천 번이고 해. 그냥 아빠는 안 돼!"

말문 막혀서 그냥 민주주의 철회하고 독재자 모드로 다시 변신. 황급히 자리를 뜨는데 뒤에 육식공룡이 말인지 울부짖음인지 알아들기 힘든 소리로 외쳤다.

"왜 딸은 백 번, 천 번 되는 뽕이 나는 삼일에 한 번 뀌어도 징역감 이냐고."

시끄럽고! 만 10세 이상 인간은 이집에서 뽕 금지라고! 꼭 다 보이고 다 털어 편한 사이여야 하는 것이 부부인 것은 아니니까. 난 여전히 조금은 불편하고 긴장하는 남녀 사이로 남편과 지내고 싶다.

한국동요 금지 소동

나는 살면서 노래방 이외의 장소에서 노래를 해본 적이 별로 없는데 애 낳고 나선 30년 전 동요들을 하나씩 하나씩 부르고 있다.

하루는 애를 재우려고 '섬 집 아기'를 부르고 있는데 옆에서 컴퓨터를 하고 있던 고서방이 그 노래에 갑자기 관심을 보이기 시작했다. 멜로디가 무척 아름답다면서 내용이 어찌되는 거냐고 묻는다. 간단하게 설명을 해줬더니, 일하는 엄마(working mom)의 애잔한 스토리냐며(굴 따러 갔으니 워킹맘이긴 한 듯). 그런데 왜 위험하게 애가 혼자 집을 보냐 유모는 어디갔냐, 노래 끝까지 애는 결국 혼자인거냐, 유모도 없이 애가 혼자 집에 있는 너무도 위험한 노래라고 혼자 단정 짓더니 급기야 집에서 금지시켰다.

고서방은 한국말의 '공' '콩' '곰' 구분을 잘 못 한다. 정확하게 알아듣게 해주려면 공그(gong)~, 콩그(kong)~, 곰므(gom)~ 이렇게 어미를 빼내서 알려줘야 구별을 하는 수준이다. 하루는 내가 곰 세 마리 노래를 나름대로 깜찍하게 율동에 맞춰 애 앞에서 쇼를 하고 있었다. 구경하던 고서방, 그 노래 한 번 간단하고 귀엽다며 자기도 알려달라고 하도 법석이어서 알려줬더니 율동도 섞어 애 앞에서 장기자랑을 시작했다.

'콩~ 세 마리가~~ 한쥡에 이쏘~~~아파콩~~ 옴마콩~ 아기코옹~~' 부르다가 갑자기 인상을 쓰더니, 말도 안 되는 노래라며 뜬금없이 화를 낸다. 뭐가 문제냐고 물었더니, 콩들은 다 한배에서 나온 형제자매인데 어떻게 아빠가 있고 엄마가 있냐며, 크기 가지고 아빠, 엄마, 아기를 나눈다면 애한테 굉장히 잘못된 편견을 심어 줄 수가 있다. 또 신체적으로 조금 덜 발달한 사람들을 무시하는 성향을 심어줄 수 있는 나쁜 노래라고, 이 노래도 금지곡으로 지정하겠다고 엄포를 놓는다.

그 열변을 인내심 있게 다 들어주고서 조용히 한마디 했다.

"곰므라고 인간아~~ 네가 말하는 건 콩그고~~."

"I see!!"

단박에 알아들은 고서방, 다시 신나라 어깨춤 추며 곰 세 마리를 열창한다. 프랑스 동요 중에는 '닭을 잡아 털을 어디서부터 뽑아줄까? 머리부터 뽑아줄까? 담번엔 부리를 뽑아주마' 이딴 엽기 발랄한 노래도 있더만 어디서 우리의 자랑스러운 국민동요 곰 세 마리를 지적하는 건지 흥!

타임아웃 

3살이 조금 넘은 나네뜨는 생후 9개월부터 '타임아웃'을 시작했다. 보통은 2살 이후부터 훈육의 한 방법인 이 타임아웃을 실시해야 한다지만 워낙 활동적인 크로라란자 피가 흐르는 이 아이는 9개월째부터 훈육의 길에 입성했다. 오데뜨 역시 공평하게 9개월째부터 타임아웃을 종종하고 있다. 언니가 수시로 하는 것을 보고 배워 따로 가르칠 필요 없이 잘못했을 때 두 번 정도 경고를 주고 바로 타임아웃! 이라고 말하면 구석에 가서 벽보고 서 있는 걸로 잘 이해하고 있다.

체벌이 좋다고 생각하지 않기에 이 서양식 문화, 타임아웃이 내가 보기에도 꽤나 합리적이고 좋은 훈육법이라고 느낀다. 아이에게 반성의 시간을 주는 것인데 이 어린애들이 반성을 할 리는 없고 자유를 잠시라도 억압 당할 때의 불편함에 의거해 강제적인 반성의 시간을 줌과 동시에 금지에 관한 개념을 확립하고자 하는 것이 내 타임아웃의 목적이다.

서양식 타임아웃은 보통 아이의 나이에 비례하여 행하게 된다. 예를 들면 2살이면 2분, 8살이면 8분, 이런 식이다. 남편이 하루는 물었다. "당신도 어렸을 때 타임아웃을 자주 했느냐고." 뭐랄까, 우리 집에선 타임아웃이란 개념은 없고 잘못하면 체벌이었다. 작게 잘못하면 종아리 5대, 크게 잘못하면 10대 이런 식. 그 잘못이란 것이 주로 성적이 떨어졌거나 숙제를 안 했거나 보통 학업과 관련된 것들이었다고 하니 도저히 이해할 수 없다는 표정으로 한참을 쳐다본다. 성적이 잘못 나온 것은 맞을 일이 아니라고 한참을 흥분해서 의견을 역설 하길래 한국은 그런 편이라고 말하기 싫어 말을 잘랐다. 그러면 당신은 무엇 때문에 타임아웃을 받았느냐고 물어보니 주로 이웃집 애를 팼거나, 남의 집 나무를 부러뜨렸거나, 밤늦게 안자고 떠들었을 때 벌을 받았다고 한다.

어느 날 저녁, 나네뜨와 오데뜨가 레고를 가지고 놀다 여느 때처럼 싸움이 났다. 고서방이 중재를 한답시고 끼어들어 공평하게 함께 노는 법을 가르치겠다고 한다. 항상 아이들과 잘 놀아주는 남편이 든든하고 흐뭇하여 맡기고 할일을 하고 있었는데 10분쯤 지났을까 애 둘 다 찢어지게 울어대는 소리가 들렸다. 현장으로 달려가 보니, 애들 레고를 다 뺏어서 본인 성 쌓기에 사용하고 있고 자질구레한 나머지를 가지고 놀던 애 둘이 싸움이 난 것이다. 아수라장을 그냥 보고 있을 수 없어 거국적인 '타임아웃!'을 명했다.

애 둘은 자동적으로 구석 벽 쪽으로 가서 타임아웃을 하기 시작하는데 머뭇거리던 어른이 일어서면서 "나도?" 하고 묻는다.

"분란의 주인공이니 당연히 당신도" 했더니 별 반항 없이 같이 벽 쪽에 가서 붙어 서 있다. 조금 멀리서 관찰을 하니 신입 타임아웃 회원만 제일 열심히 벽보고 서 있는 중이고, 타임아웃에 어느새 이골이 난 3살짜리 나네뜨는 책 하나를 들고 가서 벽을 마주 하고 선 채로 책을 읽고 있다. 그 옆에 38분짜리 타임아웃을 해야 하는 고참은 아이폰 게임을 시작했다.

나쁜 말은 빨리 배우기 마련 

아이의 언어 발달엔 각각 발전단계가 있다. 얼마 전까지만 해도 아는 단어 몇 개로 끼워 맞춰 표현을 하던 수준에서 조금 지나자, 문장을 만들기 시작했다. 그런데 문제는 문장 자체에 한국식, 프랑스식, 영어식 언어가 다 조금씩 섞여 있어, 엄마가 아니고선 도저히 알아듣기 힘든 제 4랭귀지를 구축하고야 말았다는 점이다. 나는 아이들에게 웬만하면 한국어와 영어로 얘기를 하고 있고, 남편은 영어와 불어를 쓴다.

나네뜨어는 예를 들면 이런 식이다.

"나네뜨가 오데뜨에게 밥을 먹으라고 했는데 오데뜨가 안 먹어."

이 문장을 나네뜨어로 번역하면, "나네뜨 '가'(이 놈의 가는 어디서 나온 것인고 하니 하루 중 내가 가장 많이 쓰는 문장구조가 '나네뜨 엄마가 하지 말랬지?' 이런 식이다 보니 무조건 단어 다음엔 가를 붙인다고 마음대로 정한 듯) 오데뜨 '가'(오데뜨한테 또 가) 맘마 '가'(맘마를 또 가) 잇!(eat) '가'(목적잃은 '가', 먹으라고 했는데) 메(mais : 불어, 뜻은 그러나) 오데뜨 '가'(창피하니 설명 생략) 노(no)."

알아듣는 이는 하느님만큼 전지전능한 생모뿐.

그런데 희한하게 각 언어별 감탄사는 기가 차게 도통해 있고 각 상황에 맞게 적절하게 쓰는 능력도 통달했다.

한국어 계통 감탄사.

"아! 쫌!"

"아우 진짜!"

"또! 또! 또!"

영어 계통 감탄사.

"oh! shoot!"

"oh no……!"

"oh my god!"

"no way!"

프랑스 사람들이 하루에 한 오백 번 쓰는 감탄사로 '메흐드!(merde)'
가 있다. 아주 광범위하게 쓰는 감탄사인데, 대통령부터 거지까지
다 쓰는 국민 단어이다. 뭔가 불만이 있거나 안타까운 상황, 열 받
은 상황 등에 쓰이는 부정적 의미의 감탄사로 굳이 아주 아주 나쁜
류의 욕까지는 아니더라도 우리나라 말 '제기랄' 정도에 해당하는
것으로 아이가 쓰기엔 매우 부적절한 단어임에는 틀림없다.

어느 날부터 나네뜨가 이상한 말을 쓰기 시작했다.

블록을 쌓다가 잘못해서 무너지면

"오우~ 메!"

본인이 먹으려던 요거트를 동생이 쏟으면

"오우! 메!"

실수로 넘어지면

"오우! 메!"

처음엔 무심코 지나다가 가만히 관찰해보니 바로 '메흐드'를 말하고
있는 것임을 알게 되었다. 그야말로 '오, 메흐드!' 애가 드디어 나쁜
말을 배워 쓰기 시작했다고 주범인 프랑스인 남편을 들들 볶기 시작
했다. 남편도 당황해 둘이서 같이 아이를 얼러도 보고 윽박질러도
보고 혼도 내봤는데 그때뿐, 어느새 입에 착 달라붙었는지 여전히
유쾌하지 않은 상황이 닥치면 자동재생되는 그놈의 '오우~ 메!'

한참 심부름에 심취해 있는 20개월짜리 동생에게 첩자 임무를 부여
했다. 언니가 '오우~ 메'라고 하면 즉각 엄마한테 달려와 이르라

고. 무슨 일이든 임무가 주어지면 천직으로 알고 열과 성을 다하는 '이달의 우수사원' 스타일 오데뜨가 그 이후 나네뜨가 저 말을 사용하면 바로 달려와 고자질을 하자 그나마 빈도수가 좀 낮아졌다. 최근엔 눈에 띄게 사용횟수가 줄어 조금 안심하던 차였다. 그런데 갑자기 두 자매가 싸우는 소리가 들리는가 싶더니 둘째가 득달같이 달려왔다.

"마몽! 나네뜨 디(말하다 라는 뜻의 불어) 오우! 메~~ 나네뜨 노우!"
(엄마 나네뜨가 오우! 메라고 말해, 나네뜨 안돼!)

당장 나쁜 말을 쓴 자를 불러 타임아웃을 명하고 눈물이 쏙 빠지게 야단을 쳤다. 일단 잘못한건 아는지 별 반항 없이 시무룩하게 타임아웃 장소로 떠나는 나네뜨. 조용한 그 와중에 나지막이 들리는 한마디.

"뎀! (damm : 제기랄)"
대체 저런 말은 가르친 적도 없는데 어쩜 저리 적재적소에 잘 사용을 하는 건지.

_____부성애, 삼각관계에 빠지다

3살을 갓 지난 나네뜨가 아침 8시 반에 학교(우리나라 유치원 단계)에 가서 오후 5시 반에 온다. 아침에 데려다주고 저녁에 데리고 오는 것은 주로 아빠 몫이다. 난 둘째와 집에 있어야 할 때가 많다. 그러다보니 나네뜨의 학교에서의 모습이나 발달 상황은 선생님을 자주 보는 고서방에게서 듣는 쪽이다.

얼마 전 저녁에 나네뜨와 함께 들어서는 남편의 얼굴색이 별로였다. 애는 콧노래를 부르며 매우 기분이 좋은 상태인데 반해 아빠는 시무룩하다.

"애 혹시 오늘도 걷기 싫다고 그래서 학교에서부터 안고 온 거야?"

나네뜨는 걷는 걸 그다지 좋아하지 않아서 길거리에서 갑자기 무턱대고 안으라고 떼를 써 난감하게 할 때가 많기 때문이다.

"아니. 그게 오늘의 문제야. 애가 학교에서부터 집까지 내내 자기 발로 잘도 걸었다는 것!"

일어난 사실만 보면 좋은 일인데 가시 돋친 말로 잔뜩 부은 감정을 드러내는 남편이 이해가 가질 않았다. 이후 자신의 감정이 상한 자초지정을 간략하게 풀죽은 목소리로 고백했다.

여느 때처럼 나네뜨를 데리러 학교에 간 고서방. 언제나처럼 아이를 바로 데려 오지 않고 숨어서 무얼 하고 있나 한참 관찰했다. 그런데 이 날 아이는 그 시간 때쯤이면 운동장에서 놀고 있어야 하는데 도서관이라 불리는 공부방에 있었다. 창문 밖에서 몰래 훔쳐보는데 나네뜨가 한 남자아이와 '딱 붙어 앉아' (본인이 이 부분 무지 강조함) 그림을 그리고 있었다. 나네뜨보다 두세 살 위인 꼬마는 한참 가르쳐 주는 모양인지 자동차를 그리고선 가르키며 '부아뛰르(voiture, 자동차라는 뜻의 불어)' 라고 가르쳐 준다던지, 녹색 크레파스로 색칠을 한 후 '베르(vert, 녹색이란 뜻의 불어)' 라고 알려준다던지 하고 있었고 나네뜨는 열심히 따라하는 중이었다고 한다.

잠시 후 남자아이가 나네뜨 볼에 뽀뽀를 하고 나네뜨도 오빠 볼에 뽀뽀를 하고 두 귀여운 꼬마가 앙증맞은 장면을 연출하자 이미 기분이 상할 대로 상한 아빠가 문을 열고 들어가 나네뜨에게 귀가 종용을 했다. 나네뜨는 처음으로 집에 가지 않겠다며 떼를 쓰기 시작했다. 난감하고 당황한 그때 고서방의 귓가에 미셸이라 불리는 그 꼬마의 온화한 목소리 들려왔다.

"우리 내일 또 같이 놀자. 오늘은 아빠랑 집에 가~."

그 한마디에 울던 애가 뚝 그치다 못해 방긋 웃기까지 하며 고개를 끄덕였다고.

그러자 남자아이는 사뭇 의젓하게 "착하다 우리 나네뜨"라고 한 뒤 손수 나네뜨 얼굴의 눈물을 닦아 주었단다. 아빠 말은 들은 척도 않던 애가 남자친구 한마디에 바로 온순한 양이 된 것을 보자 남편의 속은 더 상했다. 그런데 나네뜨을 데리고 나오다 불현듯 나네뜨가 학교를 나서자마자 여느 때처럼 걷기 싫다고 떼를 쓸 것이 뻔하다고 불안을 느낀 고서방이 다시 가던 길을 돌려 미셸을 붙잡고 귓속 말을 했다.

"너 나네뜨한테 씩씩하게 스스로 걸어서 집까지 가라고 좀 말해 줄래?"

미셸은 상냥하게 말했고 나네뜨는 뛰기까지 하면서 내내 콧노래와 함께 귀가를 했다고 한다. 몸은 좀 덜 피곤하게 귀가했지만 마음이 상당히 피곤해진 고서방. 그 밤 나는 아주 오랜 시간 그의 장래 사윗감이 갖춰야 할 덕목들을 들어야 했고, 그 날 이후에도 나네뜨의 연애는 계속 진행 중이며 남편의 질투는 점입가경, 가관도 아닌 지경이 되어가고 있다.

Chapter 06

펫 프렌들리 패밀리
(Pet friendly family)

내가 그를 사랑하기 시작한 것은 그가 내 개를 사랑해서가 아니라 내 개가 그를 사랑하는 걸 알았을 때였다.
개들은 색맹이지만, 좋은 사람을 알아보는 시력은 인간보다 낫다.

임신 때문이었을 거야

첫애 임신 중반이 되어가던 즈음, 호르몬 때문인지 하루에도 특별한 이유 없이 화가 열두 번도 더 나면서 만사가 귀찮고 살짝 돌았었던 것 같다.

어느 날 키우던 작은 개가 연달아 네 번 정도 사고를 치면서 내 심기를 완전히 뒤집었다. 난 갑자기 '곧 인간 애기도 태어날 테고 내가 아기 셋(큰개+작은개+새로 태어날 아기)을 한꺼번에 어찌 키우나' 하는 생각에 눈앞이 캄캄해졌다.

급기야 일하고 돌아온 고서방에게 작은 개를 딴 집에 보내자고 선언을 했다. 고서방은 팔짝팔짝 뛰면서 "어떻게 그런 생각을 할 수 있냐"며 버럭 화를 냈다. 그래도 난 고집을 꺾지 않고 마음먹었을 때 실행해야겠다고 생각하고는 근처 아는 할머니한테 보내자고 했다. 그 후로도 몇 날 며칠을 싸우며 개를 안 보내면 내가 나간다고까지 했다. 내가 제 정신이 아니었던 것 같다.

결국 고서방은 내 고집을 못 꺾고 우리 집에서 한 시간 넘게 떨어진 할머니 댁으로 개를 보내기로 했다. 그 할머니는 진작부터 우리 집 개를 무척 탐내고 있었다.

드디어 개를 보내던 날, 고서방은 하나하나 깨끗이 닦은 개용품들을 나도 모르는 편지 한 장과 함께 할머니께 건네주었다. 사실 우리 집 개는 그리 스마트한 편은 아니지만 할머니가 소시지 하나 들고 있으니까 신나서 따라갔다. 난 고서방에게 거 봐라, 저건 당신이 생각하는 지조있는 개도 아니라며 돌아섰는데 그 순간부터 개가 눈에 밟히기 시작했다.

저녁 내내 좌불안석이던 고서방은 결국 그날 밤 할머니께 개는 잘 있냐고 전화를 했는데 할머니 말씀하시길 고속도로 톨게이트에서 차 문을 잠깐 열었었는데 개가 튀어나가 고속도로를 오던 방향으로 달려가는 바람에 사고가 날 뻔했었는데, 오토바이를 탄 경찰이 안 잡아 주었으면 지금쯤 죽었을 거란다. 우린 둘 다 너무 놀라서 전화를 끊고 한참을 울었고 뜬 눈으로 밤을 새웠다.

다음 날 아침, 온 집안에 그 개가 보였다. 고서방은 사무실 가고 혼자 컴퓨터를 하는데 고서방이 어제 할머니께 전해준 편지 원본파일이 저장되어 있었다. 이걸 읽다가 혼자 대낮에 또 한 번 대성통곡을 하고 말았다. 편지는 대략 이런 내용이었다.

마담 엘렌느~ 이 개를 맡아 주셔서 정말 감사합니다. 이 개는 그리 똑똑하진 않지만 참 정이 많답니다. 마담이 사랑으로 돌봐주시면 두 배의 사랑을 줄 거예요. 외로운 날은 친구가 되어주고 잠 안 오는 밤에는 말동무도 되어줄 겁니다. 아침 산책길에는 이놈만큼 든든한 파트너가 없지요.

우리가 계속 키우고 싶지만 우린 곧 아기도 태어날 예정이거든요.

마담이 우리보다 더 잘 돌봐주신다면 죽어서도 감사할 거예요. 몇 가지 주의 사항을 알려드리려고 이 편지를 씁니다.

이 개는 한국어만 알아들어요. 당신이 한국어 몇 가지를 연습해야 그와 대화를 더 잘할 수 있을 겁니다. 웬만하면 집안에서는 오줌을 싸지 않습니다. 데리고 나가서 'ozumssa~'라고 말해주세요. 그럼 그가 오줌을 쌀 거예요. 'ddongssa~'는 똥을 싸게 할 때 쓰는 말입니다. 그는 신기하게도 '똥싸~'라는 말을 할 때마다 똥을 싸는 재주가 있답니다(그래 똥싸~한다고 하루에도 다섯 번이고 여섯 번이고 똥을 싸대는 개가 몇이나 될까? 지금 생각하면 이 말이 너무 웃긴데 당시에는 이 부분에서 하염없이 울었음).

그는 기분이 좋을 때 손을 줍니다. 그는 기쁠 때 배를 하늘로 보이게 눕습니다. 그리고 정말 행복할 때 배를 하늘로 보이게 누운 채 마구마구 몸을 흔들며 춤을 춥니다. 어느 날 당신이 그의 댄스를 본다면 당신은 이미 그의 둘도 없는 베스트 프렌드가 된 거랍니다.

다시 한번 우리 개를 맡아 주셔서 감사를 드리며 가끔 뵈러 가겠습니다.

나는 이 편지를 읽고 하루를 울며 지냈다. 내 자신이 너무 싫었고 당장이라도 개를 찾아오고 싶어 미칠 지경이었지만 차마 고서방한테 말을 할 수는 없었다. 그런데 문제는 나보다도 큰 개였다. 당장 심각한 우울증상을 보이더니 급기야 움직이는 작은 갈색물체만 보면 뛰어가서 면상 확인하고 난리도 아니었다. 밥도, 물도 일절 안 드셨다. 이러다간 곧 생 개를 잡게 생겼다.

이튿날 밤도 꼴딱 샜다. 새벽녘에 뒤척이는데 고서방이 대뜸 말을 걸어왔다. "후회하고 있지?" 헉! 뭐야, 이 인간도 안 잔거였어? 그 새벽에 둘 다 일어나 한바탕 또 울고는 날이 밝은 대로 개를 되찾으러 가기로 했다.

아침에 할머니께 전화를 해서 개를 보러 가겠다고 했더니 낌새를 챈 할머니가 '개 다시 데려갈 생각이면 꿈도 꾸지 말라'며 자기는 이미 이 개가 너무 좋다고 하셨다. 그 말을 듣고 희망이 없어진 것 같아 또 눈물을 찔찔 흘리고 있는데 고서방이 잠깐 차를 렌트해 오겠다고 한다. 눈물, 콧물 훔치며 우리 차 있는데 뭘 렌트냐고 했더니 오토기어인 차를 빌려 올 테니(프랑스는 대부분 수동차인데 나는 오토만 운전이 가능함) 시동 끄지 말고 운전대 잡고 있다가 자기가 개를 데리고 나오면 냅다 달리라는 것이었다. 한마디로 개를 납치할 계획이었다.

우리는 할머니한테 전화를 해서는 그냥 얼굴만 보러 가겠다고 둘러대고는 진짜로 오토매틱 차를 빌려 타고 할머니가 사시는 시골동네로 갔다. 할머니 집 앞에 차를 세우고 기다리는데 저 멀리서 할머니와 개와 함께 등장했다. 수년 전 남녀가 하루 동안 데이트를 한 후 진행자가 '나왔을까요, 안나왔을까요?' 라고 멘트하던 모 방송사의 짝짓기 프로그램 맨 마지막에 울려 퍼지던 랑데부 노래가 막 내 귓가에 들려오기 시작했다(물론 난 마른 침을 삼키며 차 시동을 끄지 않고 운전대를 두 손으로 꽉 움켜잡고 있었다).

멀리서 고서방을 보자마자 개는 줄을 끊고 미친 듯이 달려왔고 둘이 신나게 뛰고 구르고 얼싸안고 뽀뽀하는 광경을 나는 눈물 번진 눈으로 흐릿하게 보고 있었다. 그러다가 개가 기쁨에 겨워 땅에 등을 대고 덩실덩실 춤을 추기 시작했다. 그걸 보시던 할머니, 한참을 말도 없이 우시고는 'Ahhhhhh C'est dance!(이게 그 춤이구나!)'라고 하셨다.

개와 함께 지낸 이틀 동안 고서방이 알려준 건 다 봤지만 춤은 한 번도 본 적이 없다고 하셨다. 밥도 잘 안 먹고 집안에 들어올 생각도 안 하고 울타리 앞에서만 하루 종일 앉아있었다고. 뭐 튀고 자시고 할 것도 없이 할머니께서 조용히 개 끈을 건네주셨다. 이렇게 스위트한 개를 가진 것도 복이라는 말씀과 함께.

결국 한국에서 거의 공짜로 얻어 LA와 니스, 파리 등지로 이사 다니며 키워 온 개 밑에 들어간 엄청난 비용 중에 그날 하루 만에 오토매틱 차 렌트비로 200유로, 할머니께서 톨게이트에서 개 튀어나가는 바람에 경찰에게 끊은 딱지 값 300유로까지, 총 500유로가 단박에 추가되고 말았다. 진짜 할머니 말씀대로 이 개 키우는 게 복이 맞긴 한지?

이 글을 쓰다가 울컥해진 마음에 갑자기 개가 보고 싶어 뒷마당을 나갔더니 이놈의 강아지가 또 쓰레기통을 뒤집어 놓고 지 몰래 뭐 먹었나 킁킁대며 죄다 헤집다가 따악~ 걸렸다. 후끈 달은 나는 방금 전의 애틋한 마음은 잊은 채 '이놈을 아예 오늘 저녁 국으로 끓여 말어' 진지하게 고민 중이다.

스컹크 소동

연애 초반에 우리는 너무도 다른 성격 차이로 심하게 여러 번 싸운 적이 있다.

우리나라 사람들 보고 냄비근성이니, 다혈질이니 하는데 이탈리아인에 비할 바는 못 된다는 것이 내 개인적 견해다. 사소한 것에 불같이 화내고 돌아서면 본인이 왜 화냈는지조차 금방 잊을 정도로 이탈리아인들은 끓어오르기도 식기도 쉽게 하는 기질을 타고 났다. 나도 뒤끝은 없는 편이지만 단기 기억상실증이 의심될 정도로 단순하지는 못한 편이다. 그날도 대판 싸웠는데 나는 화가 난 상태였고 고서방은 또 저 혼자 간단히 풀고는 개들을 데리고 야밤에 산책을 나갔다. 혼자 남은 나는 도저히 이 관계는 지속이 어렵다는 생각이 들었다. 문화적인 차이는 극복하기가 정말 힘들다고 결론을 내린 후 돌아오면 그만 헤어지자고 단단히 마음을 먹고 애기를 할 참이었다.

한 시간쯤 지났을까. 고서방이 요란하게 개들이랑 다시 귀가하는 소리가 들려오기 시작했다. 그런데 소리는 아직 조금 먼데 내 평생 어디서고 경험해 보지 못한 요상한 냄새가 온 집안에 가득 차기 시작했다. 허스키가 스컹크한테 덤벼서 말로만 듣던 스컹크 독가스를 정통으로 맞았다고 한다. 정말 그 냄새, 실제로 안 맡아보면 도저히 상상이 불가능한 것이었다. 나는 스컹크 가스 냄새가 그냥 방귀나 똥냄새 비슷할 거라고 상상하고 있었을뿐, 또 심히 궁금하여 꼭 알고 싶은 지식도 아니었다.

근데 이건 타이어 심하게 타는 냄새에다가 음식물이 지독하게 심하게 썩는 냄새를 더한 것 같기도 하고, 게다가 공기보다 가벼운지 확산력이 몇백 미터는 쉽게 뒤덮고도 남을 만큼 강력했다. 온 집안이 그 냄새에 삽시간에 장악이 되고 고서방은 인터넷을 급히 검색하기 시작했다. 오렌지 주스를 온몸에 바르면 냄새가 가라앉는다는 응급 처치를 발견했다면서 당장 냉장고에 있는 2리터 오렌지 주스를 개 몸에 마구마구 뿌려댔다.

그런데 전혀 효과가 없어 이상한 기분이 들어 제대로 검색한 것 맞냐고 닥달하니 다시금 검색하고선 "미안하다"고, 오렌지 주스가 아니라 토마토 주스라고 정정을 해댄다. 다시 한번 개를 욕조에 집어넣고 토마토 주스를 사다가 아낌없이 골고루 개 몸에 도포하였으나 그다지 효과는 없고, 개만 학계에 보고된 바 없는 세계 최초 화려하기 그지없는 얼룩달룩 요상한 무당 허스키로 거듭나게 되었다.

심각한 문화차이로 헤어질 결심을 했던 그날 싸움은 스컹크 소동으로 인해 결국 아무리 기억해보려 해도 대체 왜 싸웠는지 까마득해져 다시 한번 유야무야 되고 말았다.

＿＿＿＿질투의 순기능

나는 '주인 곤란하게 하고 끊임없이 말썽피우기'에 있어 단연 최고라 자부할 만한 개 두 마리와 살고 있었다.

새끼 때 꼬물꼬물 귀엽기만 해 업어온 것들이 눈을 감았다 뜨기가 무섭게 무럭무럭 자라더니 어느 새 대체 이것들이 귀여웠던 때가 있었는지 조차 가물가물해질 만큼 커 갈수록 그들이 빚어내는 말썽 또한 규모와 기발함에 있어 나날이 발전해 갔다.

어쨌건 난 이것들의 성격을 너무도 잘 알기에 특히나 밖에 나갈 때는 일체의 자유도 허락하지 않았다.

끈을 푸는 순간 나는 그날 하루를 'CSI + 추견(개를 쫓는 자) + 3월에 머리에 꽃 꽂은 정신외출녀 + 판소리꾼(개 찾느라 소리질러대 득음 경지)'으로 거듭나야 하는 것을 잘 인지하고 있었기 때문이다.

한 놈은 사냥견의 피가 흐르고 한 년은 사육견이라 둘 다 의미도 목

적도 없이 무작정 달리는 것들이었다.

난 불교는 아니지만 불교적 관점에 입각하여 윤회설을 믿는다면 저 개들도 전생이란 것이 있을 터. 한 놈은 전생에 차 수리공이었는지 그렇게도 차만 보면 그 밑을 기어 들어가서 차 상태를 점검해대고, 한 년은 전생에 부동산 중개업자였는지 그렇게 남의 집을 기웃거려 댔다.

민폐 끼치는 것도 두렵고 생고생하기도 싫어서 절대 개들에게 자유를 주지 말라고 그리 신신당부를 했건만.

할리우드 간판 밑에 살던 시절 나의 하우스 메이트였던 스테판과 고서방이 나의 금쪽같은 충고를 무시하고 자꾸만 자기들 마음대로 개들을 막 풀어 헤치고 돌아다니는 것이 진심으로 언짢았지만 개들을 돌봐주는 것이 고마웠기에 늘 상냥한 말투로 '개 줄은 꼭 채워서 다녀 달라'고 부탁했어야 했다.

그럴 때마다 고서방과 스테판은 "걱정 마! 그리고 개들도 자유는 좀 누려야지. 우리 프랑스인들은 개들의 권리도 존중한다고!"하며 입바른 소리를 해대기 일쑤였다.

하루는 퇴근해 집에 왔더니 온 집안의 문이란 문은 다 열려있고 인간도 개도, 그림자조차 보이지 않았다.

순간 엄습해 오는 또 좋지 않은 기운.

일단 옷을 갈아 입고 있는데 바깥에서 누군가가 "안에 누구 있냐"

고 조심스럽게 묻는 소리가 들린다. 밖에 나가 보니 열 댓살 정도 되어 보이는 가무잡잡한 십대 소년이 유난히 까만 눈을 반짝이며 우물쭈물 서 있었다.

나를 보더니 혹시 "이 집에 허스키 키우지 않냐"고 물어왔다.

"그렇다"고 "아마 내 남자친구랑 산책을 나갔나 보다"고 태연히 대답했다.

LA에 허스키가 귀하다 보니 가끔 우리 집 허스키를 구경오는 동물원 관람객족 꼬마들이 종종 있었으므로 난 또 그 중 하나일거라 짐작했는데, 우물쭈물하던 소년이 갑자기 반색을 하더니 자기 이름은 '마리오'이며 이웃 집에 산다고 자기 소개를 엄청 오래하기 시작했다.

피곤하기도 하고 퇴근하고 집에 온 터라 쉬고 싶기도 하여 "대체 용건이 뭐냐"고 심드렁하게 물었더니, 바로 그 허스키가 자기 집에 있다는 것이었다!

"아니 뭐!! 아니 왜 개가 그집에 있는거냐?"

놀래서 물었더니 자기 집 앞에서 얼쩡거리는걸 길을 잃을까봐 냉큼 잡아서 보관 중이라며 데리고 가라는 것이었다.

그 집으로 가는 내내 "미안하다. 고맙다"를 번갈아가며 인사를 하고 속으로는 나의 충고를 또 무시한 말 안 듣는 거인 룸메이트들을 향해 이를 갈았다.

마리오가 동네 친구들한테 "우리 집에 허스키 잡아놨다" 소문을 냈는지 집에 들어서니, 우글우글 그 또래 남자애들만 8명.

개는 보지 않았다.

"보관 중인 개를 이제 건네 달라" 했더니 더울까봐 안에다가 모셔 놨다고 대답한다.

집 안으로 들어가니 한 네댓 명이 또 우글우글.

그 속에서 말썽의 주범은 아주 팔자 좋게 드러누워 슬러시를 마시고 있다 화들짝 일어나더니 연속 점프 네 번, 360도 회전도 가볍게 하는 등 가히 '견계의 김연아'라는 칭호가 아깝지 않은 재주들을 선보이며 그녀를 둘러싼 청소년 팬들의 우뢰와 같은 박수갈채를 자아냈다.

보는 눈이 많아 쥐어 박을 수도 없고 딸기 슬러시를 먹어서 주둥이도 벌건 년을 무섭게 노려보았지만 오랜 세월 함께 한 주인과 개 사이의 대화는 이미 소통되었다.

나.

'집에 가서 한 번 제대로 맞아보자 오늘.'

허스키.

'그렇다면 난 집에 들어가지 않을테다!!'

불행한 운명을 예감한 허스키가 힘쓰기에 돌입, 꿈쩍을 안 하고 버팅기기 시작해서 애를 먹고 있는데 마리오가 친절하게도 신고 있던 운동화에서 운동화 끈을 빼 건네주었다.

개줄이 없으니 아쉬운대로 이거라도 묶어 데려가라는 사려깊은 소년의 마음씨에 다시 한번 감동하며 소만한 허스키를 운동화 끈에 매달고선 알아들을 사람 없어 다행인 동네에서 한국어로 욕을 퍼부어대며 올라오는데, 집 근처에서 '무작정 신나게 달리는 잡종견 한 마리와 그 뒤를 정신없이 따라 뛰어가는 남자 두 명'을 발견했다(그 잡종의 목에도 개줄은 없었다는 점).

서슬 퍼렇게 씩씩대면서 개를 끌고 올라오는 나를 보더니 셋 다 그대로 얼음이 되어 정지했다.

손을 휘젓던 그 상태 그대로.

너무 화가 나 말 한마디 안 하고 개들을 끌고 집안으로 들어왔더니 두 남자가 나를 계속 쫓아다니면서 변명을 해댄다.

"절대 풀어 놓은 게 아니다. 잠깐 달려보라고 줄을 놔줬는데 냅다 순간이동해서 못 찾았을 뿐이다. 그렇지만 시간을 더 줬으면 우리가 찾아냈을 텐데 네가 오늘은 너무 일찍 들어왔다."

아니 그럼 평소에도 이런 사건이 많았다는 건가??

더 머리끝까지 화가 났지만 여전히 굳게 입을 다물고 있었다. 때론 침묵이 고함보다 백 배는 무섭다는걸 이용하는 중이었다.

말을 안하니 둘 다 더 겁이 나는지 시키지도 않은 별의별 말을 다 하고 변명이 끝도 없었다. 그런데 듣자해도 '끝까지 다시는 줄을 놔주지 않겠다'는 말은 안 하는 것이었다.

아직도 반성의 경지는 멀었음을 감지했다.

머리를 굴리고 있는데 고서방이 이 개를 어디서 줏어왔냐고 물었다.

갑자기 한줄기 아이디어가 번뜩이며 뇌리를 스쳐갔다.

아무렇지도 않게 "무지 섹시한 스페인 남자가 찾아와서 자기 집에 데려다 놨으니 데려가라고 했다(뭐 꼭 거짓말은 아닌 듯? 남자 맞고, 스페인 가정이라고 했고, 섹시는 한 십 년 후부턴 할거고)." 그리고 덧붙여 "이 개는 한 번 들락거린 집은 잘도 기억하니까 담번에 잃어버려도 난 그집 가서 찾으면 되겠다"며 너무 걱정 말라고 시원하게 한마디를 했다.

내 말 끝에 온 집안에 잠시 정적이 흐른 후, 갑자기 고서방이 기차 화통 삶아 먹은 목소리로 프렌치 거인 스테판에게 소리를 질렀다.

"한 번만 더 개들 목줄 없이 다니면 네 목에도 개줄 채운다!!!!"

그야말로 효과 만점.

그 이후 우리 집 개들은 운동화줄 목에 걸 일 없이 정상적인 개줄만 하고 다녔다는 전설.

사라진 물고기 다섯 마리의 미스테리

하우스 메이트 시절에 고서방과 나는 서로 숫기가 없어 'hi'만 하는 사이였다. 하루에 네 번을 마주쳐도 항상 'hi~'그렇게 어색한 웃음만 교환하다 각자 갈 길로 가곤 했다. 사실 관심 없는 척 했지만 고서방이 왔다 갔다 하면 괜히 신경이 쓰이고 무척 궁금했다.

고서방은 항상 자기 방문을 조금 열어두는 습관이 있었다. 그 방문 앞을 지나칠 때면 안 보는 척하면서 안을 슬쩍슬쩍 훔쳐보곤 했다. 의외로(?) 지저분한 방 상태에 약간 놀래기도 했지만(그때 알아봤어야 했는데) 콩깍지가 제대로 씌워진 때라 전혀 문제되지 않았다.

대부분 고서방이 하고 있는 일은 둘 중 하나. DVD 삼매경이거나 자기 수족관 앞에서 뭐라 뭐라 중얼대는 것(이때 물고기랑도 대화할 정도면 말 못해 죽은 귀신이 단단히 들린 남자임을 알아챘어야 했다). 난 그런 그를 보며 '수족관을 어지간히 좋아하나보다. 식물도 노래 틀어주고 말 걸어주면 사랑하는 줄 안다더니 물고기도 마찬가진가 보네'라며 마냥 신기했었다.

그런데 사귀고 나서 보니 이렇게 된 것. 그 수족관이 고서방의 또 다른 돈 잡아먹는 귀신으로 물고기를 거의 매일 사재끼는 것이었다. 이유는 매일 같이 물고기들이 죽어 나가기 때문이었다. 그렇게 일회용 물고기들을 사는데 돈을 축내는걸 보고 잔소리가 하고 싶어 근질거렸으나 연애 초기라 꾹꾹 참고 또 참았다.

하루는 친절하게 아쿠아리움 전문가에게 어찌하여 네 물고기들은 그다지도 단명하는지, 그들이 너무 미인들이라 박명인 것인지 한 번 제대로 컨설팅 좀 받아보자고 권했다. 그랬더니 좋은 생각이라며 너는 어찌 그리 현명한 거냐며 띄워주기까지 했다.

아쿠아리움 전문가가 이르길 문제는 고서방이 수족관 청소를 너무 자주 하는데다가 설거지용 세제들을 사용한 것이 문제라고 했다.

청소하는 법을 다시 배우고, 어지간해선 구정물에서도 팔팔 산다는 싸구려 물고기들로만 새 마음 새 뜻으로 깔끔하게 다시 입양했다. 똥밭에서도 산다는 질긴 새우도 몇 마리 첨가해서.

며칠간 수족관에 둥둥 뜬 죽은 물고기 구경을 못하던 중, 평화의 며

칠이 짧게도 끝나고 다시 죽은 물고기 한 마리 두 마리 장례식을 연달아서 치르기 시작했다. '넌 물고기 기르는 거랑 거리가 먼 사람인가 보니 이제 그만 사고 단념하라'고 보다 못해 충고했더니 아니라며, 뭔가 이유가 있을 것이라고 사설탐정과 같은 집념을 불태우기 시작했다.

3일간 수족관 앞에서 거의 잠복근무를 하더니만,

"Look! Look! Honey~ Honey~ I found the reason!!"(봐라, 봐라! 이유를 알았다)

드디어 뭔가를 알아냈는지 누가 보면 미제 사건이라도 푼 경찰인줄 알 정도로 호들갑을 떨어댔다.

"Look! except this guy(한 물고기를 가르키며), the other ones have holes all over their body."(이 녀석 말고는 다른 놈들은 몸통이 죄다 엉망이다)

한 마리만 멀쩡한데 다른 물고기들은 하나같이 찢어진 지느러미에 피 흘리는 놈까지, 자세히 보니 그 좁은 수족관에 월남전이 일어났다 해도 믿을 양으로 부상어들이 넘쳐나고 있었다. 보아하니 한 놈이 제대로 진상인 모양이다.

"See, this one is a real 밉상!(봐라, 이 녀석이 진짜 밉상이다)"

"Then, for everyone, kill him!"(나머지는 이 녀석이 모두 죽이나 봐!)

내가 보기엔 문제해결이 의외로 매우 쉬워 보였다. 그냥 그 원흉인 놈만 곱게 뜰채로 떠서 변기에 넣고 물 내리면 모두가 평화롭게 잘

살 수 있을 듯 보였다. 하지만 고서방은 죽이는 건 방법이 아니라며 뭔가 해결책을 찾아야겠다고 고심했다.

물고기를 두드려 팰까, 아니면 개한테 하듯이 벌을 세울까, 아니면 목 끈을 묶어서 수족관 속 바위에다 묶어둘까? 그렇게 한참을 혼자 중얼중얼하더니 갑자기 씩씩대면서 뜰채를 가지고 오는 것이었다. 속으로 '것 봐라 걔 건져 내는 거 말고는 수가 없지? 진작 말 듣지' 이러고 있는데, 뜰채로 그 진상물고기를 떠내고 이내 물기 사라진 다음 펄떡거리는 놈에게 갑자기 소리를 버럭버럭 지르기 시작했다. "Hey!! asshole!! leave them alone!!"(이봐 나쁜 놈아! 다른 물고기들을 내버려 두라고!)

물고기도 훈련이 가능하다고 믿는 걸까?

그러다 어느 날 그 할리우드 간판 밑의 집에서 이사를 나가게 되었다. 갑자기 이사를 하게 되어 둘이서 정신 없이 짐을 쌌다. 이사를 하고 나서 짐을 푸는데 수족관도 있고 바위 하나까지 다 있는데 그나마 살아남아 있던 몇 마리 안 되는 물고기가 도통 보이질 않는다. 물고기 찾아 며칠을 헤매더니 안 되겠다며 다시 새 동무들로 구입한다는 것이다. 이때는 도저히 못 참고 '차라리 그 돈을 기부를 해라' 하고 소리를 질렀다.

그랬더니 그냥 한소리에 너 잘 걸렸다며 이상한 증서를 가지고 와 내 앞에 자랑스럽게 내밀었다. 보니 북극곰 후원하는 무슨 무슨 그

린단체에 매달 자동납부하는 증서였다(좋은 일 하는 건 마음에 들었지만 돈을 참 다양하게도 쓴다고 생각했음). 이후부터 내가 너무 한심하게 여기니 다시는 물고기 산다는 말도 못하고 수족관은 개 용품 수납장으로 변신되어 갔다.

그러던 언제부턴가 자꾸 내 차에서 이상한 냄새가 났다. 대체 무슨 냄새인지 알 수가 없었다. 어느 날 오랜만에 우산을 꺼낼 일이 있어 차 트렁크를 열었는데, 오 마이 갓! 태어나 몇 안 되는 끔찍한 광경 중 하나를 목도하게 되었다. 불어터진 죽은 생선들이 'smart water(미국의 유명한 생수 브랜드. 아이러니하게도 이 물의 포장용기 안쪽에는 물고기 그림이 들어 있다)' 병 안에 들어 있었다.

아직도 고서방에겐 비밀이다. 그는 아직도 그 물고기 다섯 마리가 사라진 일을 세계 8대 불가사의 하나로 알고 있기에.

소울 메이트

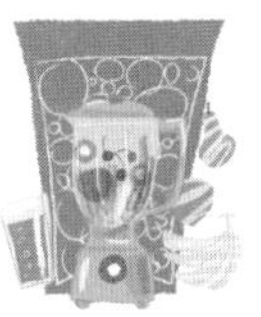

어느 날 문득 같이 살고 있는 허스키의 나이를 꼽아 보는데 나와 함께 한국에서부터 미국, 또 프랑스까지, 21세기 집시가 따로 없게 싸돌아 댕기다 보니 개가 어느덧 만 8세가 되어 있었다. 수많은 특기 중 내가 가장 아끼는 그녀의 특기는(그게 뭐가 특기냐 하면 할 말 없음)

하루에 몇 번을 보건 그때마다 30년 지기 만난 듯 점프를 하며 사람들끼리 하는 허그를 시도한다는 것이다. 이 개가 점프를 멈췄을 때는 뭔가 일어났다는 징조다.

니스에서 내가 임신한지 아무도 몰랐을 때 우리 집 허스키만이 나의 임신을 눈치챘었다. 어느 날부터인가 나를 너무 조심스럽게 대하더니 점프도 더 이상 하지 않았다. 알고 보니 딴에는 나를 챙겨준 건데 나는 괜히 섭섭했었다.

두 번째 무점프의 시기는 내가 니스를 떠난 한 달간 매일 밤 고서방이 무상 제공하는 피자와 함께 광란의 시간을 보내고 우량 말라뮤트가 되었던 즈음이다. 점프는 고사하고 개가 제 몸이 무거워 잘 걷지도 못하고 헉헉댔었다.

세 번째 시기가 왔을 때 나는 참 무심하게도 전혀 눈치를 못채고 기특하다고만 했다. 애를 낳고 한 달쯤 후부터 유모차에 애를 태우고 개를 묶어 같이 산책을 다녔다. 가르친 적도 없는데 질주본능 허스키가 너무 사뿐사뿐 착하게도 노인 걸음을 해줬기에 '그래 그래 너도 나이가 드니까 절로 철이 드는구나. 그저 기특하다'고만 생각했다.

그러던 어느 날 고서방이 호들갑을 떨며 나와 보라는 소리에 또 별일 아닐 줄 알고 나갔더니 허스키의 배에 야구공이 하나 달려있는 것이었다. 한 번 개시도 안 해본 아홉 개의 젖꼭지 중에서 하나가 유독 뚱뚱해져 급기야는 야구공만하게 부풀어 있었다. 만져보니 딱

딱하고 그 와중에도 젖은 계속 흐르고…… 임신도 안 한 것이 내가
애기 젖 먹이는 걸 보고 상상출산을 했나.

울고 불고 난리를 떨다 개를 들쳐메고 근처 동물병원으로 온 가족이
출동했다. 난 이미 의사 검진하기도 전에 산발한 머리에 눈물 콧물
범벅이 되어서 이미 초상난 사람 꼴을 하고선 의사를 보자 마자 '우
리 개를 살려내라'고 난리를 쳐댔다.

인도인 의사가 이리저리 보더니 암일 수도 있다며 겁을 주기 시작하
였다. 피 뽑고 검사결과도 나오기 전에 한 이틀을 정신 나간 사람처럼
울기만 했다. 어쨌건 암이든 아니든 절제술은 해야 한다니 수술 날짜
를 잡았는데, 수술 당일날 가면 검사결과도 알 수 있다고 했다.

그런 검사는 왜이리 제깍제깍 안 나오고 사람 피를 말리는 건지 임
신 테스트는 1분 안에 나오는구만.

수술 날.

다행히 그 인도 의사가 암은 아니라는 희소식을 전했다. 그래도 어
쨌건 태어나 처음으로 몸에 칼을 대는 개가 안쓰럽기 그지 없었다.
아침에 데려다주고 오후 늦게 찾으러 갔더니 의사말이 애가 좀 힘
이 없어 쩜뿌(인도인 의사 원어민 발음) 이런거는 못 할터이니 제발 이
번에는 울지 말라고 나에게 당부의 말씀을 전하고 있던 그때, 간호
사를 끌고 나타난 허스키(보통은 간호사가 개를 끌고 나와야 정상) 나를
보자마자 점프하고 내 어깨를 끌어 안으며 다시 멀쩡해진 기량을 선
보였다. 순간 굉장히 민망해 하던 의사의 표정을 잊을 수가 없다.

'방금 개가 뭘 못할거라고 했었더라?'

수술 자국을 한 번 뒤져보니 괴발새발, 애 배를 듬성듬성 대충 꿰매 놓은 것이었다. 당장 의사에게 항의를 하기 시작했다.

"여자애 배를 이따구로 꼬매 놓으시면 어떡하나요?"

수의사는 예상치 못했던 나의 날카로운 지적에 약간 당황하는가 싶더니(이제껏 이런 컴플레인을 한 고객은 없었던 모양) 바로 "늙은 갠데 뭐 어떠냐"는 망발로 대꾸하더니 털나면 표도 안 난다며 오히려 화를 냈다.

그렇게 나도 허스키도 다시 정상으로 돌아온 뒤, 다시 까칠하게 잡종군도 가볍게 밟아 주고, 내가 싸 놓은 김밥도 줄 채로 훔쳐 먹고, 애기 장난감을 자기 우리로 훔쳐 가서 갖고 놀다가 나한테 맞으며, 또 다시 지지고 볶고 소리 지르고 싸우고를 반복하지만 멀쩡해진 개를 쳐다보면서 뭐든 변한다는 건 서글프다는 것, 그리고 어느 순간 오래 키운 개는 반려견을 넘어 소울 메이트라는 사실을 깨달았다.

항상 내가 너희를 키운다 생각했었는데……

돌아보니 늘 나는 너희에게 기대고 있었구나.

Chapter 07

시어머니의 다 이어리

아직도 멀쩡한 단풍이 바닥에 놓여 있으면
왠지 슬프다.

우리 시어머니는 늘 입버릇처럼
'너무 늙어 여자 같지도 않을 때까지 살고 싶
지 않다'고 하셨다는데,
그래서 그녀는 그렇게 아쉽게
가셨나보다.

향수鄕愁를 부르는 향수香水

고서방을 알게 된 후 내가 가장 존경하는 인물은 돌아가신 '시어머니'다.

그녀는 사회적으로 성공했지만 위인들이 가지는 강철 같은 단단함보다는 다분히 인간적이고 여성적이셨다. 자신이 여성인 걸 평생 즐기고 감사하면서도 자신의 분야에서는 최고까지 올라갔다는 것이 어찌 보면 너무나 자연스러운 것인데도 참 존경스럽다.

이탈리아 명문가 장군 집안의 외동딸로 태어나 부러울 것 없는 성장기를 보내고, 대학에서 미디어학과를 졸업한 그녀는 이탈리아 전 총리 베를루스쿠니가 경영하던 미디어 그룹에 입사했다. 신입사원 때부터 베를루스쿠니의 눈에 들어 고속 승진을 거듭하며 이른 나이에 이미 그의 오른팔 역할을 맡게 되었다. 그러다 휴가로 홀로 그리스로 여행을 갔다가 우리 시아버지를 만났다.

당시 우리 시아버지는 이미 첫 결혼에 실패한 이후, 같은 레스토랑에서 바다를 보면서 각자 다른 테이블에서 똑같은 홍합 요리를 먹다가 눈이 맞으셨다는데, 사랑에 빠지려니 별 상황이 다 로맨틱하다. 만남 후 초고속으로 3개월 만에 결혼을 했는데 시어머니 쪽 집안에서 재혼에, 직업도 사진작가였던 시아버지가 탐탁지 않아 반대했지만 결국 이탈리아 총리 집안이 압력을 넣어 할 수 없이 결혼시켰다고 한다.

시아버지는 뼈대 있는 집안에서 '사진 나부랭이' 한다고 일찍부터 눈 밖에 난 사람이었고, 시어머니 역시 시아버지와 탐탁지 않은 결혼으로 내쳐진 상태라 둘은 결혼 후 곧바로 프랑스로 귀화하였다. 그 후 남편 고프레도와 시동생 맥스를 낳고 시어머니는 프랑스 국영 채널 2에서 PD로, 시아버지는 포토그래퍼로 왕성한 활동을 했다. 하지만 사업 욕심이 컸던 시아버지는 에이전시를 설립한 후 사세 확장을 위해 미국행을 결정했고 시어머니에게 다 같이 이주할 것을 요청했는데 시어머니는 자신의 커리어를 포기할 수 없어 거절하셨다. 그렇게 부부는 떨어져 생활하기를 3년. 결국 시아버지가 비서와 바람이 나고, 시어머니에게 이혼을 통보하셨다.

우리 시어머니는 스위스에서 여생을 마감하셨는데, 프랑스 파리와 니스, 이탈리아 마달렌, 베니스에 별장이 있었다. 파리의 아파트는 돌아가시면서 고양이 단체에 기부하셨고(그녀는 평생 고양이를 데리고 있었는데 고양이를 정말 사랑하셨다고 한다) 니스의 별장은 고프레도에게, 마달렌 것은 맥스에게, 그리고 베니스의 것은 둘의 공동명의로 해두셨다.

니스 집에 들러 그녀의 유품을 정리하던 시기에 나는 낡은 다이어리 몇 권을 발견했다. 남편도 모르고, 몰래 혼자 간직하고 있는데, 처음에는 당연히 말해주려 했지만 혼자 조금씩 읽다 보니 왠지 비밀로 하는 것이 나을 듯 했다. 아들이 이해하기엔 어려운, 엄마가 아닌 여자의 솔직함이 그곳에 고스란히 들어 있었고, 왠지 훔쳐보는 것 같아 죄송했지만 읽을수록 무엇인가 배우는 그 희열이 마약같이 끊기 힘들어 지금도 고서방이 절대 들춰볼 리 없는 내 화구함 바닥 깊숙이 숨겨 놓았다.

하루는 고서방이 지나가듯 물었다.

"향수를 왜 다섯 개나 놓고 돌려가며 쓰는 거야?"

"왜냐면 나는 똑같은 게 지겨우니까."

"그럼 그 향수들을 다 쓰면 똑같은 다섯 개를 또 사는 거야?"

"미쳤어? 세상에 좋은 향수가 얼마나 많은데, 내가 평생 쓴다고 해도 다 못 써보는 구만."

"그래? 프랑스 사람들은 자기 냄새를 정해서 쭉 쓰는데."

단순히 문화차이라고 생각했는데, 하루는 생제르맹 거리를 걷다가 문득 돌아본 남편의 얼굴이 저기압이길래 물었다.

"개똥 밟았어?"

"아니, 여기 나오면 샤넬 넘버 5 냄새가 너무 많이 나. 괜히 엄마 생각나."

그때는 그랬다. 시어머니 패션 센스가 굉장히 독특하다고 생각했는데, 의외로 향수는 흔한 걸 쓰신 건가라고. 그러다 어느 날, 다이어리에 이런 글을 보고 멈칫 놀랐었다.

의사가 자궁암 말기라고 했다. 아직 아이들에게는 말하지 않았다.

멍하니 화장대 앞에 앉은 지 5시간째다.

무엇부터 할까 생각했는데 평생 쓰던 향수부터 바꿀 생각이다.

조금 이기적인지는 모르겠지만, 내 아이들이 나를 평생 잊지 말았으면 좋겠다.

거리를 다니다 언제고 엄마가 생각났으면 좋겠다.

시어머니는 리옹지방에서만 생산하는 플로럴 향수를 주문해서 쓰셨는데, 어느 날부터인가 샤넬 넘버 5만 쓰셨다고 고서방이 말했었다. 그리고 어디를 가건 엄마가 있다고 투덜댔지만, 적어도 그는 그때 슬프진 않아 보였다. 그저 엄마가 막판엔 패션 센스도 잃었다고 말했을 뿐.

평생 쓰지 못할 돈

미국에 살다 참 대책도 없이 니스로 무작정 떠났던 고서방과 나. 도착해서 어느 정도 정착을 하고 나니 금전난에 시달리게 되었다. 혹시 모르니 미국 계좌는 건드리지 말자고(그다지 많이 들어 있지도 않았지만) 합의를 본 상태였고, 프랑스에서는 물가는 비싼데 하는 일은 별로 없어 진짜 한 푼이 아쉬운 상황에 직면했다.

어느 날 통장 잔고를 찍어보고는 5초간 호흡이 정지되었다. 곧 굶어 죽게 생겼다. 다행히 나는 항상 작은 지폐나 동전은 따로 저금통에 모으는 습관이 있다. 지금이 바로 그 저금통께서 위력을 발휘할 시간임을 직감했다.

곧 굶어 죽게 생겼어도 이 프렌치께서는 아침마다 모닝 크로와상도 드셔주어야 하고 하루에 에스프레소 세 잔은 꼭 마셔줘야 한다. 아무리 없어도 남편이 평생을 즐긴 습관까지 잔소리 하고 싶진 않았다(저 습관 지켜주는 데만 하루에 10유로는 써야 함. 이 정도면 나도 쿨한 아내가 아닌지?).

일단 고서방에게 빵집 갈 때나 카페에 커피 사러 갈 때마다 동전을 배급하였다. 돈 없는 거 뻔히 아는지라 철없는 소리는 못하고 항상 동전 받을 때마다 우거지상이었다. 드디어 하루는 못 참고 반항을 하기 시작했는데 "이 동네는 좁고 변하지 않아 가게마다 다 자기 아는 사람들인데 저 집 아들 망했나, 동전으로 빵 산다 소리 듣고 싶지 않다"고 투덜대며 미국 통장에서 돈을 빼 쓰고 싶어 안달이었다. 이런 정신 나간 인간. 난 화가 많이 났지만 차분히 내 확고한 신념을 전달했다. "우리 망한 거 맞다. 그리고 우린 지금 돈이 없다. 이 동전들도 참 감사하다고 생각해야 한다. 그리고 돈이 없는 건 불편한 것이지 절대 불행하거나 창피한 게 아니다"라고.

고서방 묵묵히 듣더니 수긍을 하는 것도 아니고 화를 내는 것도 아니고 뜬금없이 "너 불어 많이 늘었다"하더니 휙~ 나간다. 하지만 저 말을 당시에 그리도 깊이 외웠는지 이후로 내가 가끔 '돈 없어서 죽겠네' 이런 소리 하면, 고서방 왈 '있지~ 어떤 똑똑한 여자가 그랬는데 돈 없는 건 불행한 게 아니라 조금 불편한 거래' 라고 발랄하게 응수하곤 한다.

하여간 돈 마련이 시급해진 우리는 어차피 니스별장에 있는 시어머니 유품들을 처리했어야 했기에 겸사겸사해서 르봉꾸앙(le bon coin : 미국의 크레이그 리스트 같은 개인 대 개인 중고 거래 웹사이트)에 이것저것 내다 팔기 시작했다. 비오는 날 네브레스코(니스에 있는 유명한 럭셔리 호텔) 바로 앞에서 찢어진 우산 받쳐 들고 진공청소기를 10유로에 팔기도 하고 하다못해 시어머니 차 스푼마저 다 팔아 치웠다.

그런데 워낙 취향이 고상하시던 분이라 그런지 그런 사소한 것들만 팔았는데도 생각보다 엄청나게 많이 벌어들였다(속으로 '어머니 감사합니다' 를 얼마나 외쳐댔는지).

미술품도 많이 가지고 계셨는데 그것까지는 다행히도 손을 대지 않아도 될 형편이 되어 팔진 않고 파리로 가기 전 우리가 당분간 이곳에 올 것 같진 않아 따로 포장을 해서 보관하기로 했다. 하루 날 잡아서 벽에 걸려 있는 그 많은 그림들을 하나씩 떼서 포장을 하기 시작했다. 집안에 있는 모든 물품들을 거의 정리하고 마지막으로 시어머니가 쓰시던 침대 위에 걸려있는, 생전에 가장 아끼셨다는 아기천사 유화를 조심스럽게 떼어내는데 그림 뒤편에서 노랗게 색바랜 편지 봉투가 툭 하고 떨어졌다. 스카치테이프로 뒷면에 고정해 두었나 본데 오랜 시간 니스의 습기를 이기지 못하고 떨어져 나간 모양이었다.

그 봉투를 집어 드는 순간 나의 놀라운 동물적 육감이 작동했다.

'돈이다!'

열어보니 정말로 100유로짜리 지폐가 빽빽하게 들어 있고 친필로 쓰신 편지도 한 장 들어 있었다.

사랑하는 내 말썽장이 고프레도야!

언젠가 네가 이 봉투를 발견하고 기뻐 날뛸 표정을 상상하니 아픈 와중에도 웃음이 난다. 그저 네가 이집에 온 이유가 힘들어져서 이 집을 처분하러 온 것이 아니었으면 한다. 나는 끝내 보지 못할 며느리를 데리고 여기가 우리 엄마가 살던 곳이라며 보여주러 온 것이라면 한없이 기쁘겠다.

그렇지만 자꾸만 네가 또 돈을 흥청망청 쓰고 이곳에 온 것은 아닐지, 그리고 그리 크지 않은 돈이 필요해 이 예쁜 집을 경솔하게 팔아버리는 건 아닐지, 나는 떠나는 와중에도 네 걱정이 너무 되는구나.

모든 것을 내려놓았는데, 평생 일했던 직장도 그만 두고, 친구들도 슬프게 하기 싫어 소식도 끊고, 동생한테도 연락을 안 하는데 어떻게 너희의 엄마노릇은 죽는 순간까지도, 아니 죽고 나서도 그만 둘 수가 없구나.

혹시라도 네가 이 봉투를 발견한 순간이 힘든 순간이라면 엄마가 다시 한번 너를 도울 수 있어 기쁘다고 해야겠구나. 너에게 '이젠 정신 차리거라' 라고 말하진 않으마. 그냥 나는 죽어서도 너희 곁에 있겠지만, 살아서 만큼 강한 존재는 못될 것 같으니 스스로 제일 강해지거라.

내가 암 선고를 받고 살면서 내가 뭘 그리 잘못했나 원망도 많이 했다만 이리 죽을 날짜를 대충이라도 알고 있으니 준비할 시간도 있구나 싶어 한편 행운이라는 생각이 든단다.

PS : 이 봉투를 발견한 사람이 내 아들이 아니라 며느리였으면 하는 바람을 가져본다.

사실은 편지내용을 읽기 전에는 돈이 얼마인지 마구 세어보고 싶었는데 차마 고서방 앞에서 또 고상한 척 하느라 들뜬 마음을 애써 누르고는 편지를 먼저 읽었었다. 읽고 나니 돈의 액수가 절대 궁금하지 않았다.

한 번도 못 뵌 시어머니 때문에 그 하루를 온종일 울었다. 살아 계셨다면 우리도 지지고 볶고 서로 뒷말을 하는 고부사이가 되었을지도 모르겠지만 항상 약간의 거리를 두고 보면 모든 사람은 아름다운 법. 고서방에게 말없이 봉투를 통째로 건넸다. 편지를 보는 순간부터 닭똥같은 눈물을 뚝뚝 흘리더니 다 읽고 나서도 아무 말이 없다. 그저 봉투째로 다시 나에게 건넨다. 우리는 아직도 그 봉투 그대로 가지고 있다. 아마 평생 쓰지 못할 듯.

나를 치장하는 것은 '자기만족'이 아닌 타인에 대한 배려

프랑스어를 배우러 학원에 다닌 지도 좀 되었는데 아직도 아침이면 허둥대기 바쁘다. 굳이 핑계를 대자면, 애 둘 아침 먹여 유치원 보낼 준비하고, 눈을 뜬지 30분은 지나야 정신이 온전해지는 게으른 남편 커피 세 잔을 먹이고, 겨우 몸을 씻고는 마지 못하는 그에게 아이 유치원 데려다 주라고 내보내야 하는 분주한 아침일상 때문이다.

그래서 오늘처럼 추운 겨울날엔 군인 같은 점퍼에 온몸을 꽁꽁 싸매고, 머플러로 얼굴 반을 덮은 채 아시안 무슬림으로 빙의해 전철에 몸을 실었는데 문득 창문에 비친 내 모습을 보고 스스로 흠칫 놀랐다. 세상만사 귀찮은 표정에 그나마 화장만 간신히 한 게 갸륵한 한 여자가 초점 잃은 눈을 하고 좀비처럼 서 있었다. 아마 시어머니가 이런 내 모습을 봤으면 분명 '이기적인 여자'라고 한 말씀 하셨을 것 같다.

언젠가 남편이 이런 말을 했다. 한 번도 엄마가 맨 얼굴이거나 후줄근한 트레이닝복을 입거나, 까치집 스타일의 머리를 한 적이 없었다고. 아니 어떻게 그게 가능할 수가 있지. 사람이면 게으른 날도 있고, 우울한 날도 있고, 아무것도 안하고 싶은 날도 있지 않을까? 시어머니는 자신을 치장하는 일이 타인에 대한 배려라고 생각하셨다.

미셸과 오랜만에 생제르맹에서 커피를 한 잔 했다.

"여자들이 화장을 하고 하이힐을 신는 것은 자기만족 차원인가?"

라고 그가 어리석은 질문을 했다.

"글쎄 사람마다 다르겠지만, 난 나를 오늘 하루 봐야 하는 사람들을 배려해서 치장을 해. 사람들은 평생 자유를 갈구하면서 살지만, 사실 우리가 가진 자유는 정말 작은 부분에 불과하거든."

에스프레소 한 잔을 더 주문하면서 그가 되물었다.

"그럼 여자들은 어쩔 수 없이 치장을 해야 한다는 건가?"

"말뜻을 못 알아들었군. 곰곰 생각해보면 우리가 선택한 것이 몇 가지나 된다고 생각해? 우린 유럽에 태어나는 것도, 남성이나 여성으로 태어나는 것도, 어떤 부모를 만나는 것도 아무것도 스스로 선택한 것이 없지. 이렇게 복잡한 현대사회에 태어난 것도 내 의지는 아니잖아. 내가 매일 봐야 하는 동료들도 내가 그들을 선택한 경우는 얼마 되지 않아. 그들도 나를 선택한건 아니지.

내 의지에 상관없이 하루에도 몇 천 건의 작은 이벤트들이 일어나는 것이 인생인데, 몇 가지는 내가 조금 도와주면 남들을 덜 괴롭힐 수 있어. 내 얼굴을 나보다 남이 훨씬 많이 오래 본다는 것을 잊으면 안 돼. 난 그들이 나로 인한 불쾌감을 겪도록 하고 싶지 않아. 그래서 난 사회적 동물로서 내 무리의 다른 이들에게 해줄 수 있는 가장 작은 배려를 매일 하는 거야."

"그래도 난 사람은 내실을 더 기해야 한다고 보는 쪽이라……."

"네 꼭 찬 내실을 얼만큼의 시간 안에 타인에게 보여줄 수 있다고 생각해? 너의 찬란한 인격의 빛이 너 자신은 지금 잘못 느끼고 있는 삐져나온 코털조차 더럽지 않게 느껴지게 덮어주려면 대체 얼만큼의 세월을 너와 함께 해야 하겠니? 것보다 너의 얼굴을 가장 가까이 자주 봐야하는 네 사랑하는 배우자도 좀 배려를 하는 건 어때?"

미셸에게 평소 해주고 싶었던 말을 하고 나니 이상하게 속이 후련했다. 내면의 성숙함을 외면의 아름다움보다 위로 두는 인간들은 '게으른 이기주의자들'이라는 것이 내 지론이다. 그는 끝까지 동의하지 않았지만 며칠 후 적어도 나는 방송국에서 새 헤어컷과 깔끔히 코털정리를 한 그를 만날 수 있었다.

_____내 사람을 고를 땐 가장 까다롭고 어렵게

"저쪽 끝에 있는 나무 옆 벤치에 앉아 있는 금발 아가씨 보이지?"
"응. 그런데 왜?"
"사람 참 여유 있고 멋있을 것 같아."
"뭘 보고 그런 말을 하는 거야?"
"큰 트렁크가 두 개나 옆에 세워져 있는 걸로 봐서 여행객인데, 혼자 여행하다 그저 아무데고 발 닿는 곳에 잠깐 쉬면서 책까지 읽고 있으니까 여유 있어 보이지 않아?"

어느 날 조금 따사롭던 가을 오후에 여느 때처럼 남편과 에펠탑 공원으로 산책을 나갔다 나눈 대화.

가끔 한가롭게 공원에서 아이들을 놀리고 햇빛을 쬘 때면 에펠탑을 보러 모여든 각양각색의 사람들을 구경하곤 한다. 나는 결국 인사 한 번 건네지 않은 그 낯선 이들을 상상하고 추리해 보는 것이 재밌다. 이는 오랜 내 습관이기도 하고 어렸을 때부터 스스로 '홈즈놀이'라고 부르면서 약속시간 전의 자투리 시간을 즐기는 취미생활이기도 하다. 예를 들면 갑작스런 소나기에 유독 짜증을 내면서 머리를 손으로 가리며 뛰어가는 40대 중반의 부인은 소나기가 내릴 줄 모르고 미장원을 오늘 다녀왔을 가능성이 크다던지, 주위를 아랑곳 하지 않고 언성을 높이며 싸우던 커플 중 여인이 갑자기 자리를 떠 버리는데, 남자가 잡지 않는다면 저 연인은 사귄지가 꽤 되었던지 남자가 여자를 덜 사랑하던지 하는 것이라고 혼자 상상을 하는 것이다.

어른이 되고 나이가 들어가며 점점 사람들에게 조심스러워진다. 많은 관계들로 복잡해지기도 싫을 뿐더러 또 새로운 누군가를 내 인생에 선뜻 초대할 시간도 열정도 줄었다. 어쩌면 여전히 나는 '사회적 동물'이라서 상대방은 모르는 나 혼자만의 관계맺기 놀이를 '상상' 속에서 하는지도 모른다. 사실 이런 시덥지 않은 놀이는 알량한 내 인생의 경험들에 바탕을 둔 견고하지 못한 추리일 뿐이다. 적중률이 얼마나 되건 간에 우리들은 세월 속에 굳어진 각자만의 잣대와 척도로 타인을 상상하고 무례하게도 평가하게 마련이다.

이 날도 모르는 한 사람을 두고 혼자만의 상상을 시작한 내게 그는 "우리 엄마는 말야, 아마 그래서 남이 어떻게 볼까 신경을 많이 쓰셨던 것 같애. 늘 그랬었거든. 사람들은 다른 한 사람을 알기 위해 시간과 공을 그다지 들이지 않는다고. 그저 처음 봤을 때 한 번 훑어보면서 이미 그 사람에 대해 90퍼센트 결정한다고 말야. 그냥 길을 걸어가는 중일 뿐이라도 누군가는 나를 속으로 측정해 보고 있고 나 또한 무의식중에 하루에도 몇십 명을 빠르게 판단하고 금방 잊고 그러면서 살고 있다고.

어쩌다 면도를 못하고 헐레벌떡 학교를 가야했던 아침엔 꼭 어려운 철학책이나 시사 잡지를 손에 들려 주셨지. 이거라도 메트로에서 보고 있어야 여자들이 너를 괜히 두려워하지 않을 거라고. 인상이 험악해 보이는 것도 민폐이니 최소한의 노력은 하라고, 사람들은 겉으로 보이는 것은 중요하지 않다고, 알수록 깊은 사람이 되는 것이 중요하다고 하지만 깊은 사람인지를 보여줄 기회조차도 사실은 이미 첫인상에서 결정나버리는 거고, 신기하게도 대부분의 사람들 사이에 통용되는 일반적인 기준은 맞을 때가 많다고 했지. '일반적으로 보다 조금 더 예민하고 조금 더 관찰력이 좋으며 조금 더 기억력이 뛰어난 사람들의 경험은 귀 기울여 들을 만하다'고 했었거든. 난 뭐 다른 사람에게 그다지 관심이 많은 편은 아니지만 가끔 네가 하는 말이 맞을 때가 많아. 우리 엄마처럼.”

나도 살아오면서 구축해 둔 몇 가지 ‘사람을 알아보는’ 사항들이 있었다. 예를 들면 이런 것들이다. 차 안이 지저분한 남자는 무심하고 눈치가 없을 가능성이 크다. 첫 데이트에 남자의 차를 탔는데 나의 비 젖은 우산과 진흙이 묻은 장화를 유독 거슬려 한다면 이 남자에게 있어 차를 제치고 1등이 되기란 쉽지 않다. 구두를 꺾어 신는 남자는 1시간도 같이 얘기하기 싫다. 다리를 떠는 남자는 매사 조급하고 안정되지 못하다. 돈을 지갑에 넣어 두지 않고 호주머니 여기저기에서 마구 꺼내는 남자는 신용불량이 되어도 웃고 있을 남자다. 너무 재밌는 남자는 조금 위험하다. 나만 그 남자의 유머가 재밌는 것이 아니기 때문이다. 내가 선약이었는데도 남자친구와의 약속이 생기자 나와의 약속을 깨는 친구는 사실 나만 혼자 ‘친구’라고 생각하고 있었던 사람이었다 등.

혼자만의 ‘사람을 알아보는’ 기준을 구축한 사람들은 알겠지만 다른 사람의 ‘사람을 알아보는’ 기준이 썩 귀에 들어오는 것은 아니다. 결국 사람은 가장 신뢰하는 것이 본인이기에.

그런데 남편의 얘기를 듣고 나자 시어머니의 ‘사람 알아보는 법’이 굉장히 궁금했었다. 다이어리 곳곳을 뒤지다 결국 찾아내고야 만 그녀만의 비법을 읽고 ‘더 많은 사람을, 제대로 알아보는’ 기준이 생겼다.

남편이 처음 여자친구를 사귈 때, 잔소리를 하기엔 사춘기 아들의 감정을 상하게 할까 꺼려지셨던 듯 부치지 못한 작은 편지를 남겨 놓으셨다.

10대 남자아이란 정신은 미발육 상태면서 몸이 다 컸다고, 털 좀 났다고 이젠 자기가 어른인 줄 아는 짐승이다. 뭘 물어보려 해도 간섭한다 하고, 잔소리 한다고 하길래 언젠가부터 낌새가 이상해도 둔한 척, 눈먼 척 해줬는데 오늘은 급기야 본인의 트레이드 마크였던 예쁜 밤색 머리를 금발로 염색을 하고 집에 돌아왔다.

여자친구 베레니스가 금발을 좋아하느냐고 물었더니 10대의 고질병, 의심병도 않는 중인 아들이 자기 일기장을 뒤져본 거냐고 버럭 화부터 낸다. 본 건 사실이지만 이런 경우 거짓말은 필수다. 그렇게 들떠 온 집안을 만보걷기 해가며 전화통화를 하는데 그깟 이름도 모르고 있다면 내가 무슨 귀머거리냐고 했다. 샐쭉해져서 입을 다물던 아들이 조금 부끄러운 듯 지나가는 말처럼 흘렸다.

"자꾸만 왜 나는 맥스처럼 금발이 아니냐고 묻길래 염색 한 번 해보고 싶었어. 그러잖아도……."

그렇지 않다. 고프레도는 늘 금발머리는 약해 보인다며 본인의 밤색 머리를 자랑스러워하던 쪽이었다. 풋사랑은 자존감을 뺏기 마련이다.

"그래, 그건 그 여자애의 취향을 맞춰준 거라 치자. 다음번에 그 애가 너는 왜 맥스처럼 파란 눈이 아니고 갈색 눈이냐고 하면? 그땐 눈이라도 뽑아서 바꿀 생각이냐?”

얼마 후 어깨를 길게 늘어뜨리고 다니는 모양이 풋사랑에 실패한 듯 보였지만 여전히 나는 간섭도 아는 척도 하지 않았다. 10대 아들의 엄마란 침묵이 금인 법을 잘 알기 때문이다. 아플 만큼 아프게 내버려두면 본인이 먼저 깨닫는다. 아플 것도 아닌 걸 가지고 낭비만 한 것임을. 그러면서 크고, 그러면서 사람 보는 기준도 생길 테지만 어찌 보면 한없이 너그럽고, 바보 같은 내 아들이 제대로 된 여자나 고를지 벌써부터 걱정이다.

여자를 빨리 알아보기란 쉬운 일이 아니다. 여자란 동물은 남자란 동물보다 훨씬 복잡다단하다. 그들은 카멜레온만큼 변신도 잘하고 자신을 숨기고 포장하는 법을 어려서부터 배우기 때문이다. 말로는 솔직하지 않은 그들을 알아보려면 온몸에 붙이고 있는 그들의 힌트를 읽어낼 수 있어야 한다.

슬쩍 열어 보이는 그녀의 가방 속을 보아라. 겉은 깔끔한데 그녀의 가방속이 엉망진창이라면 한 번 칵테일을 마신 걸로 만족해라. 꼼꼼하지 못하고 대책 없는 여자일 가능성이 많다. 그저 겉으로 보이는 것만 대충대충하고 속은 썩어가고 있는 여자일 수도 있다.

레스토랑을 갔는데 한참을 뭘 먹어야 할지 몰라 메뉴판을 외울 듯 보고 있는 여자도 피해라. 자기주장도 없고 생각도 없어 평생 한 질문을 여러 번씩 반복하게 만들 답답한 여자다. 식사주문을 할 때 무조건 ‘나도 같은 걸로’라고 말하는 여자도 조심해라. 평생 남편에

게 기대기만 할 여자다. 사랑하니 평생을 책임지겠다고 쉽게 맹세
하겠지만 사람 일은 모르는 것이고 가정이란 배가 잘못 길을 들어
서면 무조건 네 책임이라고 원망할 여인이다.

못 먹는 음식이 많은 여자도 피해라. 그 여인과 결혼하면 너 역시 못
먹는 음식이 많아진다. 사는데 먹는 것이 얼마나 큰 낙인데 못 먹는
것 많은 여자는 까칠하고 본인이 싫어하는 음식을 요리할리 없다.

좀 만나고 편해지니 화장도 안하고 꾸미지도 않은 채 너를 만나러
나오는 여자도 아니다. 게으르고 자기애도 부족한 여자다. 전화해
서 뭐하고 있었느냐고 물었을 때 우물쭈물 '그냥'이라던지, '아무
것도 안했어'라고 상습적으로 말하는 여자도 조심해라. 결혼하고도
그냥 있던지 아무것도 안 할 것이 뻔하다.

'나중에 연락하겠다'고 했는데도 다시 여러 번 전화하는 여자도 좋
지 않다. 너에 대한 확신이 없어서, 보다 더 큰 이유는 원래 조급하
고 불안한 성격일 가능성이 많다. 결혼을 해도 각자의 생활은 중요
한 법인데 이런 여자와 결혼하면 항상 공동체 생활을 해야 한다.

아이를 싫어하는 여자라 해서 걱정할 건 없다. 그 여자는 남의 아이
가 싫을 뿐이다. 여자란 99퍼센트 제 아이를 위해 죽을 수도 있는 존
재다. 그걸 아이가 생기기 전엔 모르고 있을 뿐.

너의 고칠 수 없는 부분을 자꾸만 고치라고 하는 여자도 너의 짝은 아
니다. 누군가를 사랑하게 되면 그 사람의 모든 것이 그저 좋아지는 법
이다. 바꾸어 사랑하려 한다면 그 사람은 너의 조건을 보고 빠진 것일

뿐 네가 그녀의 '완벽한 그'는 아니기에 자꾸 헛점을 찾는 것이다.

사랑해서 결혼해라. 노력해도 안 된다면 억지로 남은 길을 같이 걸어갈 필요는 없다. 무엇보다 소중한 건 네 인생이지 그 어떤 사랑도 네 인생보다 앞설 순 없다. 길지 않은 인생의 하루라도 허비하지 말고 새로운 사랑을 만날 기회를 네 자신에게 주는 편이 옳지, 마뜩치 않은 길을 걸어가야 할 이유는 없다. 너의 사랑은 끝나지 않았더라도 상대방이 놓아달라면 놓아주는 것이 맞다. 집착과 사랑은 다르다. 사랑의 완성이 꼭 같이 사는 것만도 아니다.

사람을 잘 만나라, 고프레도야. 산길을 올라가고 있다. 혼자 올라가면 외롭고 지루한 길이지만 재밌는 동행과 함께 하면 웃다가 정상에 다다르게 되어 놀랠지도 모른다. 하지만 괴로운 동행과 함께하는 산행은 정상까지 올라가기도 전에 포기하게 되기 십상이다. 그럴 바엔 외롭고 심심하지만 홀로 떠나는 산행이 백배 나을 수 있다.

모든 사람에게 친절하려 노력하고 까탈스러운 사람이지 않도록 애쓰면 사람들에게 욕은 먹지 않고 살 수 있다. 그러나 네 사람을 고르는 것에 있어서는 할 수 있는 한 가장 까다롭고 어렵게 해야 한다.

죽음을 기다린다는 것

어느 이른 아침,

아이들을 유치원에 각각 데려다주고, 근처 카페에서 남편과 모닝커피를 하고 있었다. 무심코 눈을 돌리다 아침 8시 반부터 와인을 병째 가져다 놓고 마시는 두 노인을 발견했다.

"아니 어떻게 아침부터 술을 마실 수가 있지?"

놀래서 남편에게 말했는데 같은 쪽을 흘깃 본 남편이 아무렇지 않게 뱉는다.

"아침이든 오후든 저들에게 무슨 의미가 있겠어. 그냥 기다리는 중일 테니."

"무얼?"

"죽음을."

약간 섬뜩한 그 말을 아무렇지 않게 하는 남편에게 놀래서 무슨 그런 말을 하느냐고 하니 "사람들은 다 시한부 인생을 살고 있고, 어느 순간이 되면 하던 일도 더 이상 없고, 돌봐야 하는 가족도 없고, 그럼 그때부터는 죽음을 기다리는 것이 일이 될 수도 있어"라고 한다. 평소와 다른 그의 시니컬한 말에 충격을 좀 받기도 했지만 원래 염세주의자와는 거리가 먼 사람이라 며칠이 지나자 기억나지 않는 작은 에피소드 정도가 되었다. 파리 시내 곳곳에 있는 담배 파는 가게에는 복권도 같이 파는데 어느 날 문득 복권을 사는 사람 중 많은 사람이 노인이라는 것을 발견했다.

남편한테 "당신 지론대로라면 저 사람은 지금 죽음을 기다리는 늙은 나이인데 왜 복권을 사는 거야?"라고 물었다.

나를 가만히 쳐다보던 그는 "저 사람들은 지금 복권을 사는 게 아니라 또 다른 일주일의 희망을 사는 거지. 승진이나 시험합격을 바라며 사는 나이가 아니잖아. 다 겪었다고. 그래서 저 사람은 다른 희망을 돈을 내고 사는 중이잖아"란다.

사람은 누구나 시한부 인생을 살고 있지만 그 끝이 정확히 언제쯤인지는 모르기에 대부분 불멸의 인생을 사는 것 마냥 살고 있다. 문득 어느 정도 가늠한 시간을 알고 있었던 분은 어떤 생각을 했는지가 궁금했다.

시한부 선고를 처음 받았을 때는 충격이었지만 며칠이 지나고 생각을 가다듬자 꼭 나쁜 것만도 아니라고 생각하기 시작했다. 인생이 몇십 년 남았다고 생각하고 살다가 다음날 출근길에 교통사고로 비명횡사하는 사람들보다는 몇백 배 운이 좋은 편이니까. 난 적어도 무언가 마무리하고 준비할 시간을 선물 받았다고 생각했다.

몇 가지 정리하고 싶었던 글들과 일들을 마무리하고 아이들 관련도 대략 마무리하고 나니 이젠 정말 얼마 남지 않았다. 뭐랄까 약속시간이 30분 정도 남았을 때의 기분이다. 책을 읽기 시작하기에도 애매하고 요리를 하나 해두기도 애매한 시간. 무언가를 기다리는 것을 싫어했던 나는 그럴 때면 아무것도 하지 않고 시계만 지속적으로 바라보다 약속시간을 맞이하곤 했다.

그런 기분이다. 어떤 것도 시작하기엔 애매하고 그저 기다려야 하는 무기력감.

매주 같은 시간에 나를 보러 오는 아이들에게 화를 내고야 말았다. 기다리는 것이 싫으니 그냥 오지 말라고. 시간이 얼마 남지 않은, 원래도 예민한 엄마의 발작쯤이라고 생각했는지 둘 다 별말 없이 조용히 자리를 떴다. 다시 오겠단 말도, 오지 않겠단 말도 하지 않고.

오늘 오후에 정원을 돌아보고 오니 고프레도가 와 있었다. 얼른 내 기분을 살피더니 끌어 안으며 "앞으론 약속하지 않고 오면 될 것 같아서. 그럼 엄마가 기다리지 않아도 되잖아"란다. 그랬다가 혹시 내가 집에 없으면 어쩌려고 하니까 "그럼 난 엄마가 올 때까지 기다릴게. 난 아직 시간이 좀 더 있으니까. 엄마 시간을 쓰게 하는 것보단 낫지 않아?"라고 한다.

바보 같은 짓을 많이 한다고 혼도 많이 냈던 큰아들인데, 내 아들은 나보다 더 넓은 마음을 가지고 있었다는 것을 이제야 알아차리다니. 바보는 그가 아닌 나였나 보다. 그 와중에 새침한 표정으로 돌아섰던 둘째 아들이 밟혀 "맥스는?"하고 물었는데 마침 맥스에게서 전화가 왔다.

"엄마. 내가 생각해봤는데, 아무래도 내가 니스로 이사를 가야겠어. 그리고 엄마는 기다리는 걸 싫어하니까 엄마가 내 집을 방문하는 거야. 그럼 엄마가 그리 싫어하는 '시계바라보기'를 하지 않아도 될 테니까 말야! 나 똑똑하지?"

난 참 특별하게 복이 많은 사람이었다. 평생 돈 걱정을 해본 적도, 남에게 따돌림을 당한 적도 없는 좋은 삶을 살았고, 이렇게 멋있는 남자를 둘이나 낳았으니.

실제로 시동생은 하던 일을 접고 이탈리아에서 니스로 바로 이사를 왔다. 임종 때까지 시어머니 집에서 5분 거리 아파트에 살았고, 절대 아들들에게 추한 모습을 보이고 싶지 않아 하던 그녀의 뜻을 존중해 함께 살자고 주장하진 않았다. 시어머니는 간병인과 지내고 매일 시동생과 니스해변의 '영국인의 산책로'에서 시간을 보내다 임종이 임박했을 땐 호흡곤란으로 병원으로 옮겨지셨다가 세상을 뜨셨다.

끝나지 않는 사랑

우리 집 첫째는 나를, 둘째는 남편을 그대로 닮았다. 외모뿐 아니라 성격, 습관, 식성까지도. 가끔 대체 어느 정도까지 유전이 되는 걸까? 하고 놀랠 때도 많다.

어느 밤, 둘째가 자는 모양을 보았는데 남편과 똑같은 자세로 자고 있는 것을 보고 "어쩜 이렇게 당신과 똑같은 자세로 잘 수가 있지?" 하고 남편에게 보여주었다.

"나와 똑같아서 좋아? 싫어?"

"좋고 싫고 할 게 뭐가 있어? 그냥 신기할 뿐이지. 그런데 귀엽긴 해 그치?"

알 수 없는 미소를 짓던 남편이 돌아서면서 이랬다.

"난 아빠와 같은 행동을 해서 엄마한테 맞은 적이 있어."

"어머. 왜 그런 걸로 때리셨을까?"

"아빠한테 배신당하고 분노로 가득 차 있었는데 내가 아빠같은 행동을 하는 게 거슬리셨겠지. 뭐, 난 괜찮았어. 이해할 수 있었으니까."

가장 믿고 사랑했던 사람한테 어느 날 예고도 없이 이별을 선고 받는다면 그 충격과 아픔이 대체 어느 정도일지. 나는 상상도 할 수 없으니 듣기엔 이상하지만 시아버지와 같은 행동을 하는 남편이 미움을 받았단 것도 함부로 판단해서는 안 된다고 생각해 더 이상 궁금해 하지도, 이상하다고도 생각지 않기로 했었다.

사실 시어머니의 다이어리를 발견한 건 무려 3년 전이지만, 자세히 읽기 시작한 것은 얼마 되지 않았다. 그 전엔 필기체로 된 불어를 읽기가 어려워서 였기도 했지만, 솔직히 내 프랑스어 실력이 너무도 미천했었기 때문이다.

어느 날 다시 꺼내 밤늦게 몰래 읽기 시작하는데 생각보다 내 프랑스어 실력이 급진전했음을 깨닫고 신이나 읽어 내려가게 되었다.

아직 모두 찾아내지 못한 건지 모르지만 연도 별로 모든 다이어리가 있는 건 아니고 몇 년씩 건너뛰어 한 권씩 있다가 돌아가시기 얼마 전엔 노트 한 권을 가득 채워 놓으셨다.

시아버지와 이혼하시던 해의 다이어리도 있는데, 이혼을 통보 받은 '그 날' 이전은 주로 직원들 업무평가나 일에 관한 노트들, 스케줄이 대부분이었던 반면, '그 날' 이후엔 분노에 찬 글귀나 우울했던 당시의 상념들이 주로 쓰여 있었다.

새벽 2시에 전화벨이 울리기 시작했다.

왠지 정신은 말짱했지만 받아선 안 된다고 자꾸 어디선가 들려오는 것 같아 한참을 머뭇거렸다. 천천히 걸어가면 그 사이 끊기지 않을까 하는 이상한 기대를 하면서. 결국 전화를 건 인간은 끈질겼고 나는 그 망할 놈의 전화를 받고야 말았다.

그가 말했다. 아주 담담하고 언제나처럼 뻔뻔한 말투와 멀쩡한 목소리로. 새로운 사랑을 찾았고 그 사람과 함께 미국에서 생활하고 싶다고. 그 새로운 사랑이란 프랑스에서부터 데려간 그 천한 미국인 비서가 아니냐고 상스럽게 따지고 싶었지만 난 아무 말도 하지 않았다. 아이들은 유럽에서 키우는 것이 나으니 양육권은 내가 가지고 양육비 수준은 변호사끼리 얘기하게 하잔다. 이 인간은 이미 모든 것을 준비했고 갑자기 본인의 준비가 끝나자 내게 전화를 걸어 통보만 하고 있다.

'양육비? 위자료? 이 망할 놈의 영감탱이야, 넌 네 전 재산을 다 내놓아야 할 줄 알아라!' 라고 놈의 귓청을 찢어놓을 정도의 목소리로 말해주고 싶었지만 한 번 더 참았다. 담담하고 천천히 말했다. "너무 늦은 시간이라 뭐라 답을 못하겠으니 내일 변호사와 얘기해서 연락을 주겠다고. 아이들에겐 내가 얘기하겠다고." 사막만큼 건조한 목소리로 그가 "땡큐"라고 말했다. 미국 여자와 살더니 미국인이라고 생각하나 보다.

실비와 점심을 했다. 그녀는 내 얘기를 다 듣기도 전에 와인을 주문하더니 한 병을 십 분 만에 비워버렸다. 그 미친놈을 당장 찾아가서 요절을 내지 않고 뭘 하는 거냐고 펄펄 뛴다. 네가 누구 때문에 집 안에서 쫓겨났는지를 그 놈이 모르는 거냐고 별 쓸데없는 얘기들로만 한 시간을 채웠다. 난 내 얘기를 들어줄 누군가가 필요해 그녀를 불러냈는데, 사람들은 들어주는 것보다 자신이 무언가 말을 해주어야 한다는 이상한 생각을 한다.

새벽 2시에 그가 전화를 걸어와 당당히 자신의 사랑은 끝났음을 알려왔는데 내가 할 수 있는 가장 큰 사치는 '침묵'이었다. 내 사랑도 오래전에 바래졌지만 내 사랑엔 책임과 의리란 것도 같이 있어서 견뎌왔다고, 네 사랑엔 자식에 대한 책임도, 나에 대한 의리도 없어서 그리도 쉽고 가볍게 뜨고 내리냐고. 말하려고만 들면 무슨 말이든 할 수 있겠지만 말이란 했을 때 들어주는 상황이어야지만 할 가치가 있는 것이 아니겠는가. 듣지 않을 인간에게 과연 어떤 말을 해야 할지. 그래서 나는 가장 내가 망가지지 않을 '침묵'이라는 치장을 했다.

아이들에게 대체 어떻게 말을 꺼내야 할지 몰라 2주가 흘러갔다. 생각보다 충격은 날이 갈수록 조금씩 더 커지고 있다. 그가 죽일 듯 밉고 나보다 못한 그런 천박한 여자를 위해 이혼을 선택한 것을 여전히 받아들일 수가 없다.

저녁을 먹는데 고프레도가 "엄마 이 버터가 진짜 맛있는 것 같아요. 이 버터가!"라고 말하는 순간 아이의 뺨을 때려버렸다. 난 곧바로 아이를 붙잡고 울어버렸고 아이는 충격을 받았는지 손에 들었던 빵을 떨어뜨린 채 초점 없는 눈으로 멍하니 있다. 그는 꼭 문장을 마치고 그 문장에서 본인이 가장 핵심이 된다고 생각하는 단어만 반복하는 습관이 있는데, 고프레도가 늘 하던 대로 아빠와 같은 말투를 쓰자마자 나도 모르게 손이 날아간 것이다.

결국 아이들을 앉히고 일어난 일을 사실대로 감추지 않고 얘기를 했다. 맥스는 곧바로 손톱을 깨물기 시작했다. 불안하고 초조할 때 보이는 행동이다. 고프레도는 한참을 식탁만 응시하다가 갑자기 입술을 깨물고는 일어서 나를 안았다.

"엄마. 그래서 아빠가 생각나게 되어서 나를 방금 때린 거야?"

난 말을 하지 못하고 그저 울면서 고개만 끄덕거렸다.

어느새 남자가 된 15살 아이는 더 세게 나를 안으면서 그랬다.

"엄마. 이해해. 그리고 솔직히 말해줘서 고마워……."

아이들에게 심리치료를 받을 것임을 약속했다.

아침에 일어나 버릇처럼 시계를 들여다보았는데 너무도 눈에 익은 날짜가 왠지 기분이 나빴다 했더니 오늘이 결혼기념일이다. 아니, 결혼기념일이었던 날이다. 특별히 일이 많은 날도 아니었는데 오늘은 걷는 것조차, 숨 쉬는 것조차 피곤했다.

심리치료를 받기 시작하면서 끊었던 와인을 반 병째 들이키는 중이다. 지금 나를 끊임없이 괴롭히는 건, 그를 향한 끝없는 증오도, 버림받았다는 사실이 할퀸 내 무너진 자존심도, 갑자기 '부모' 노릇을 잘해야 하는 부담감도 아니다.

제기랄.

'그를 향한 내 거지같은 사랑'이 아직도 끝나지 않았다는 것이 나를 벼랑 끝으로 몰아세우고 있다.

나도 여자여서인지, 나도 사랑을 믿는 사람이여서인지, 나도 불완전하지만 엄마라서인지 그 어떤 글보다, 이 글을 읽으며 펑펑 울었던 기억이 있다.

시어머니는 가장 마지막에 병원과 집에서 시간을 보내실 때 시아버지에게 아주 오랜만에 전화를 하셨다. 몇 시간씩 전화로 옛날 얘기를 하기도 하고 아이들 얘기도 하고 각자 옆에 있는 사람의 얘기도 했다고 들었다.
관계가 변해도 사랑은 변하지 않을 수도 있는 걸까. 결국 그녀는 끝까지 '그녀의 그'를 버리지 못했는지도 모르겠다.

CASINO

가보지 않은 꽃길 아쉬워하지 말라.

그 초입도 들어서지 않고 돌아선게 아니지 않느냐.

들어서고도 이 길이 아니라고 돌아서던 너의 오만함은 어디 가고

이제와 후회와 아쉬움을 뿌리는가.

그 길을 버리고 택했던 이 꼬불꼬불 산길이

분명 그때는 재밌어 보이지 않았느냐.

이제와 조금 힘들고 조금 지겹다고

그 편평하고 좋아보이던 꽃길 자꾸 돌아보지 말라.

향기가 없는 꽃길이었을지도 모르고 걷다 보면

지금 이 재밌어보이던 산길이 힘든 것만큼 그 길도 지겨웠으리라.

포도를 따려던 여우가 저 포도는 신포도라고

악담하고 돌아서는 것과는 다르다.

여우는 돌아서고도 그 포도가 탐이 났지만

너는 분명 그 길을 버리고 이 길을 택했으니

후회를 한다는건 네 자신을 부정하는 것일진대

그렇게 비참하게 자신을 취급하지 말라.

차라리 조금 힘겨워진 이 산길을 다시 재밌게 올라보자.

모든 선택인 선택 그 자체로 끝이 아니다.

노력을 더 하지 않으면 어떤 선택도 끝은 후회일 뿐.

훗날,

너의 찬란한 날에는

그렇게 화려한 꽃길과 재밌는 산길,

두 가지나 선택할 수 있는 사치가 있었음을

그저 고마워할 일이다.

에필로그

"인생이란 길을 운전 중 빨간불을 만났을 때가 바로 쉬는 시간"

파리 에펠탑 근처에는 한국 내복을 아래위로 맞춰 입고 생활하는 프랑스 남자와 아침마다 크로와상에 에스프레소 한 잔을 곁들여야 하루를 시작하는 한국 여자가 아프면 '엄마'를 찾고 배고프면 '마몽'을 부르는 아이 둘을 키우며 살고 있습니다.

혼자일 땐 자유로워서 좋았고, 가족을 이루며 사는 지금은 외롭지 않고 든든해서 행복합니다. 일 년 내내 따뜻한 LA에 살 때는 축복받은 날씨에 감사했고, 문 밖만 나서면 거대한 조각품 속에 들어와 있는 기분을 느끼게 해주는 파리는 여전히 제게 매력적입니다. 이런 저를 두고 남편은 '자기애'가 강한 사람이라 언제나 제가 가진 모든 것에 애착심을 느끼고 사랑하는 것이라 하지만 그저 세월을 타고 나라를 바꿔가며 살아온 인생을 돌이켜보니 '행복'은 정해진 조건이 맞아야 느낄 수 있는 것이 아닌, 가진 것에 만족할 때 누릴 수 있는 것이더군요.
아직 충분하지 않아 안타깝기보다는 여전히 성취해 볼만한 무언가가 남아 있어 기쁘고 신나는 저는 가장 한국적인 것이 세계적인 것임을 보여줄 수 있는 '한국 의상실'을 파리에서 열기 위해 준비를 하고 있습니다.

초등학교 이후 쓰지 않았던 일기를 다시 시작한 것은 하루하루의 소중함을 알게 되었고, 흘러가는 오늘 하루가 내일을 있게 한다는 간단한 진리를 기억하기 때문입니다. 살다가 속상한 날엔 지나간 일기를 꺼내 읽어 봅니다. 내가 쌓아온 추억들이 얼마나 새삼 위로가 되는지 모릅니다. 일기 속의 나도 하루는 즐거웠고 하루는 슬펐었군요. 그러니 슬픈 날에 읽어본 일기는 '지금 이 고통도 곧 지나갈 것이다' 라는 희망을 줍니다. 스스로를 가장 잘 알고 가장 잘 위로해 줄 수 있는 사람은 '나 자신' 이니까요.

운전을 하고 길을 가다 빨간불에 멈춘 차 안에서 당신은 무엇을 하시나요?

저는 조바심을 내며 하염없이 빨간불이 다시 초록불로 바뀌기만을 바라면서 신호등만 노려보던 쪽이었습니다. 속으로 숫자까지 세어가면서 말이죠.

그러나 이제 저는 인생이라는 운전 중에 빨간불이 들어오면, 그때가 바로 신이 주신 '쉬는 시간' 이란 것을 알게 되었습니다. 대학을 졸업하고 십여 년이 넘는 시간을 멈추지 않고 일해 왔고 당연히 그래야 하는 걸로 알고 살았습니다. 그러다 '육아' 라는 빨간 불에 멈춰 '일'을 내려 놓아보니 처음에는 이유 없이 불안하고 우울했지만 이내 그 시간동안 저와 제 가족이 사는 이야기를 세상에 소개하는 준비를 할 수 있었습니다. 화려한 이력에 훌륭한 분들이 삶의 지침이 되는 글을 내는 것이 마땅하겠으나 조금은 색다른 저희 가족의 살아가는 이야기가 지친 하루에 때론 작은 위로가 될 수 있기를 기대합니다.

아직도 꿈꿀 수 있는 여유를 갖게 해주는 가족들과 저의 소소한 이야기에 귀 기울여 들어주신 출판사 관계자 여러분께 감사를 드립니다.

마담 파리와

가림출판사·가림 M & B·가림 Let's에서 나온 책들

4×6배판 변형 | 204쪽 | 13,000원

아름다운 몸, 건강한 몸을 위한 목욕 건강 30분
임하성 지음 | 대국전판 | 176쪽 | 9,500원

내가 만드는 한방생주스 60
김영섭 지음 | 국판 | 112쪽 | 7,000원

건강도 키우고 성적도 올리는 자녀 건강
김진돈 지음 | 신국판 | 304쪽 | 12,000원

알기 쉬운 간질환 119
이관식 지음 | 신국판 | 264쪽 | 11,000원

밥으로 병을 고친다
허봉수 지음 | 대국전판 | 352쪽 | 13,500원

알기 쉬운 신장병 119
김형규 지음 | 신국판 | 240쪽 | 10,000원

마음의 감기 치료법 우울증 119
이민수 지음 | 대국전판 | 232쪽 | 9,800원

관절염 119
송영욱 지음 | 대국전판 | 224쪽 | 9,800원

내 딸을 위한 미성년 클리닉
강병문 · 이향아 · 최정원 지음 | 국판
148쪽 | 8,000원

암을 다스리는 기적의 치유법
케이 세이헤이 감수 | 카와키 나리카즈 지음
민병수 옮김 | 신국판 | 256쪽 | 9,000원

스트레스 다스리기
대한불안장애학회
스트레스관리연구특별위원회 지음
신국판 | 304쪽 | 12,000원

천연 식초 건강법
건강식품연구회 엮음
신재용(해성한의원 원장) 감수
신국판 | 252쪽 | 9,000원

암에 대한 모든 것
서울아산병원 암센터 지음
신국판 | 360쪽 | 13,000원

알록달록 컬러 다이어트
이승남 지음 | 국판 | 248쪽 | 10,000원

불임부부의 희망 당신도 부모가 될 수 있다
정병준 지음 | 신국판 | 268쪽 | 9,500원

키 10cm 더 크는 키네스 성장법
김양수 · 이종균 · 최형규 · 표재환 · 김문희 지음
대국전판 | 312쪽 | 12,000원

당뇨병 백과
이현철 · 송영득 · 안철우 지음
4×6배판 변형 | 396쪽 | 16,000원

호흡기 클리닉 119
박성학 지음 | 신국판 | 256쪽 | 10,000원

키 쑥쑥 크는 롱다리 만들기
롱다리 성장클리닉 원장단 지음
대국전판 | 256쪽 | 11,000원

내 몸을 살리는 건강식품
백은희 지음 | 신국판 | 384쪽 | 12,000원

내 몸에 맞는 운동과 건강
하철수 지음 | 신국판 | 264쪽 | 11,000원

알기 쉬운 척추 질환 119
김수연 지음 | 신국판 변형 | 240쪽 | 11,000원

베스트 닥터 박승정 교수팀의 심장병 예방과 치료
박승정 외 5인 지음 | 신국판 | 264쪽 | 10,500원

암 전이 재발을 막아주는 한방 신치료 전략
조종관 · 유화승 지음 | 신국판 | 308쪽 | 12,000원

식탁 위의 위대한 혁명 사계절 웰빙 식품
김진돈 지음 | 신국판 | 284쪽 | 12,000원

우리 가족 건강을 위한 신종플루 대처법
우준희 · 김태형 · 정진원 지음
신국판 변형 | 172쪽 | 8,500원

스트레스가 내 몸을 살린다
대한불안의학회 스트레스관리특별위원회 지음
신국판 | 296쪽 | 13,000원

수술하지 않고도 나도 예뻐질 수 있다
김경모 지음 | 신국판 | 144쪽 | 9,000원

교 육

우리 교육의 창조적 백색혁명
원상기 지음 | 신국판 | 206쪽 | 6,000원

현대생활과 체육
조창남 외 5명 공저 | 신국판 | 340쪽 | 10,000원

퍼펙트 MBA
IAE유학네트 지음 | 신국판 | 400쪽 | 12,000원

유학길라잡이 I – 미국편
IAE유학네트 지음 | 4×6배판 | 372쪽 | 13,900원

유학길라잡이 II – 4개국편
IAE유학네트 지음 | 4×6배판 | 348쪽 | 13,900원

조기유학길라잡이.com
IAE유학네트 지음 | 4×6배판 | 428쪽 | 15,000원

현대인의 건강생활
박상호 외 5명 공저 | 4×6배판 | 268쪽 | 15,000원

천재아이로 키우는 두뇌훈련
나카마츠 요시로 지음 | 민병수 옮김
국판 | 288쪽 | 9,500원

두뇌혁명
나카마츠 요시로 지음 | 민병수 옮김
4×6판 양장본 | 288쪽 | 12,000원

테마별 고사성어로 익히는 한자
김경익 지음 | 4×6배판 변형 | 248쪽 | 9,800원

生생공부비법
이은승 지음 | 대국전판 | 272쪽 | 9,500원

자녀를 성공시키는 습관만들기
배은경 지음 | 대국전판 | 232쪽 | 9,500원

한자능력검정시험 1급
한자능력검정시험연구위원회 편저
4×6배판 | 568쪽 | 21,000원

한자능력검정시험 2급
한자능력검정시험연구위원회 편저
4×6배판 | 472쪽 | 18,000원

한자능력검정시험 3급(3급II)
한자능력검정시험연구위원회 편저
4×6배판 | 440쪽 | 17,000원

한자능력검정시험 4급(4급II)
한자능력검정시험연구위원회 편저
4×6배판 | 352쪽 | 15,000원

한자능력검정시험 5급
한자능력검정시험연구위원회 편저
4×6배판 | 264쪽 | 11,000원

한자능력검정시험 6급
한자능력검정시험연구위원회 편저
4×6배판 | 168쪽 | 8,500원

한자능력검정시험 7급
한자능력검정시험연구위원회 편저
4×6배판 | 152쪽 | 7,000원

한자능력검정시험 8급
한자능력검정시험연구위원회 편저

4×6배판 | 112쪽 | 6,000원

볼링의 이론과 실기
이택상 지음 | 신국판 | 192쪽 | 9,000원

고사성어로 끝내는 천자문
조준상 글 · 그림 | 4×6배판 | 216쪽 | 12,000원

내 아이 스타 만들기
김민성 지음 | 신국판 | 200쪽 | 9,000원

교육 1번지 강남 엄마들의 수험생 자녀 관리
황송주 지음 | 신국판 | 288쪽 | 9,500원

초등학생이 꼭 알아야 할 위대한 역사 상식
우진영 · 이양경 지음 | 4×6배판변형
228쪽 | 9,500원

초등학생이 꼭 알아야 할 행복한 경제 상식
우진영 · 전선심 지음 | 4×6배판변형
224쪽 | 9,500원

초등학생이 꼭 알아야 할 재미있는 과학상식
우진영 · 정경희 지음 | 4×6배판변형
220쪽 | 9,500원

한자능력검정시험 3급 · 3급II
한자능력검정시험연구위원회 편저
4×6판 | 380쪽 | 7,500원

교과서 속에 꼭꼭 숨어있는 이색박물관 체험
이신화 지음 | 대국전판 | 248쪽 | 12,000원

초등학생 독서 논술(저학년)
책마루 독서교육연구회 지음 | 4×6배판 변형
244쪽 | 14,000원

초등학생 독서 논술(고학년)
책마루 독서교육연구회 지음 | 4×6배판 변형
236쪽 | 14,000원

놀면서 배우는 경제
김솔 지음 | 대국전판 | 196쪽 | 10,000원

건강생활과 레저스포츠 즐기기
강선희 외 11명 공저 | 4×6배판 | 324쪽 | 18,000원

아이의 미래를 바꿔주는 좋은 습관
배은경 지음 | 신국판 | 216쪽 | 9,500원

다중지능 아이의 미래를 바꾼다
이소영 외 6인 지음 | 신국판 | 232쪽 | 11,000원

체육학 자연과학 및 사회과학 분야의 석 · 박사 학위 논문, 학술진흥재단 등재지, 등재후보지와 관련된 학회지 논문 작성법
하철수 · 김봉경 지음 | 신국판 | 336쪽 | 15,000원

공부가 제일 쉬운 공부 달인 되기
이은승 지음 | 신국판 | 256쪽 | 10,000원

글로벌 리더가 되려면 영어부터 정복하라
서재희 지음 | 신국판 | 276쪽 | 11,500원

중국현대30년사
정재일 지음 | 신국판 | 364쪽 | 20,000원

생활호신술 및 성폭력의 유형과 예방
신현무 지음 | 신국판 | 228쪽 | 13,000원

글로벌 리더가 되는 최강 속독법
권혁천 지음 | 신국판 변형 | 336쪽 | 15,000원

디지털 시대의 여가 및 레크리에이션
박세혁 지음 | 4×6배판 양장 | 404쪽 | 30,000원

취미 · 실용

김진국과 같이 배우는 와인의 세계
김진국 지음 | 국배판 변형양장본(올 컬러판)
208쪽 | 30,000원

배스낚시 테크닉
이종건 지음 | 4×6배판 | 440쪽 | 20,000원

나도 디지털 전문가 될 수 있다!!!
이승훈 지음 | 4×6배판 | 320쪽 | 19,200원

건강하고 아름다운 동양란 기르기
난마을 지음 | 4×6배판 변형 | 184쪽 | 12,000원

애완견114
황양원 엮음 | 4×6배판 변형 | 228쪽 | 13,000원

경제 · 경영

CEO가 될 수 있는 성공법칙 101가지
김승룡 편역 | 신국판 | 320쪽 | 9,500원

정보소프트
김승룡 지음 | 신국판 | 324쪽 | 6,000원

기획대사전
다카하시 겐코 지음 | 홍영의 옮김
신국판 | 552쪽 | 19,500원

맨손창업 · 맞춤창업 BEST 74
양혜숙 지음 | 신국판 | 416쪽 | 12,000원

무자본, 무점포 창업! FAX 한 대면 성공한다
다카시로 고시 지음 | 홍영의 옮김
신국판 | 226쪽 | 7,500원

성공하는 기업의 인간경영
중소기업 노무 연구회 편저 | 홍영의 옮김
신국판 | 368쪽 | 11,000원

21세기 IT가 세계를 지배한다
김광희 지음 | 신국판 | 380쪽 | 12,000원

경제기사로 부자아빠 만들기
김기태 · 신현태 · 박근수 공저 | 신국판
388쪽 | 12,000원

포스트 PC의 주역 정보가전과 무선인터넷
김광희 지음 | 신국판 | 356쪽 | 12,000원

성공하는 사람들의 마케팅 바이블
채수명 지음 | 신국판 | 328쪽 | 12,000원

느린 비즈니스로 돌아가라
사카모토 게이이치 지음 | 정성호 옮김
신국판 | 276쪽 | 9,000원

적은 돈으로 큰돈 벌 수 있는 부동산 재테크
이원재 지음 | 신국판 | 340쪽 | 12,000원

바이오혁명
이주영 지음 | 신국판 | 328쪽 | 12,000원

성공하는 사람들의 자기혁신 경영기술
채수명 지음 | 신국판 | 344쪽 | 12,000원

CFO
교텐 토요오 · 타하라 오키시 지음
민병수 옮김 | 신국판 | 312쪽 | 12,000원

네트워크시대 네트워크마케팅
임동학 지음 | 신국판 | 376쪽 | 12,000원

성공리더의 7가지 조건
다이앤 트레이시 · 윌리엄 모건 지음
지창영 옮김 | 신국판 | 360쪽 | 13,000원

김종결의 성공창업
김종결 지음 | 신국판 | 340쪽 | 12,000원

최적의 타이밍에 내 집 마련하는 기술
이원재 지음 | 신국판 | 248쪽 | 10,500원

컨설팅 세일즈 Consulting sales
임동학 지음 | 대국전판 | 336쪽 | 13,000원

연봉 10억 만들기
김농주 지음 | 국판 | 216쪽 | 10,000원

주5일제 근무에 따른 한국형 주말창업

최효진 지음 | 신국판 변형 양장본
216쪽 | 10,000원

돈 되는 땅 돈 안되는 땅
김영준 지음 | 신국판 | 320쪽 | 13,000원

돈 버는 회사로 만들 수 있는 109가지
다카하시 도시노리 지음 | 민병수 옮김
신국판 | 344쪽 | 13,000원

프로는 디테일에 강하다
김미현 지음 | 신국판 | 248쪽 | 9,000원

머니투데이 송복규 기자의
부동산으로 주머니돈 100배 만들기
송복규 지음 | 신국판 | 328쪽 | 13,000원

성공하는 슈퍼마켓&편의점 창업
나명환 지음 | 4×6배판 변형 | 500쪽 | 28,000원

대한민국 성공 재테크 부동산 펀드와 리츠로 승부하라
김영준 지음 | 신국판 | 256쪽 | 12,000원

마일리지 200% 활용하기
박성희 지음 | 국판 변형 | 200쪽 | 8,000원

1%의 가능성에 도전, 성공 신화를 이룬 여성 CEO
김미현 지음 | 신국판 | 248쪽 | 9,500원

3천만 원으로 부동산 재벌 되기
최수길 · 이숙 · 조연희 지음
신국판 | 290쪽 | 12,000원

10년을 앞설 수 있는 재테크
노동규 지음 | 신국판 | 260쪽 | 10,000원

세계 최강을 추구하는 도요타 방식
나카야마 키요타카 지음 | 민병수 옮김
신국판 | 296쪽 | 12,000원

최고의 설득을 이끌어내는 프레젠테이션
조두환 지음 | 신국판 | 296쪽 | 11,000원

최고의 만족을 이끌어내는 창의적 협상
조강희 · 조원희 지음 | 신국판 | 248쪽 | 10,000원

New 세일즈 기법 물건을 팔지 말고 가치를 팔아라
조기선 지음 | 신국판 | 264쪽 | 9,500원

작은 회사는 전략이 달라야 산다
황문진 지음 | 신국판 | 312쪽 | 11,000원

돈되는 슈퍼마켓 & 편의점 창업전략(입지 편)
나명환 지음 | 신국판 | 352쪽 | 13,000원

25 · 35 꼼꼼 여성 재테크
정원훈 지음 | 신국판 | 224쪽 | 11,000원

대한민국 2030 독특하게 창업하라
이상헌 · 이호 지음 | 신국판 | 288쪽 | 12,000원

왕초보 주택 경매로 돈 벌기
천관성 지음 | 신국판 | 268쪽 | 12,000원

New 마케팅 기법 〈실천편〉 물건을 팔지 말고 가치를 팔아라 2
조기선 지음 | 신국판 | 240쪽 | 10,000원

퇴출 두려워 마라 홀로서기에 도전하라
신정수 지음 | 신국판 | 256쪽 | 11,500원

슈퍼마켓 & 편의점 창업 바이블
나명환 지음 | 신국판 | 280쪽 | 12,000원

위기의 한국 기업 재창조하라
신정수 지음 | 신국판 양장본 | 304쪽 | 15,000원

취업닥터
신정수 지음 | 신국판 | 272쪽 | 13,000원

합법적으로 확실하게 세금 줄이는 방법
최성호 · 김기근 지음 | 대국전판 | 372쪽 | 16,000원

선거수첩
김용한 엮음 | 4×6판 | 184쪽 | 9,000원

소상공인 마케팅 실전 노하우
(사)한국소상공인마케팅협회 지음 | 황문진 감수
4×6배판 변형 | 22,000원

불황을 완벽하게 타개하는 법칙
오오카와 류우호오 지음 | 김지현 옮김
신국판변형 | 240쪽 | 11,000원

한국 이명박 대통령의 영적 메시지
오오카와 류우호오 지음 | 박재영 옮김
4×6판 | 140쪽 | 7,500원

세계 황제를 노리는 남자 시진핑의 본심에 다가서다
오오카와 류우호오 지음 | 안미현 옮김
4×6판 | 144쪽 | 7,500원

북한 종말의 시작 영적 진실의 충격
오오카와 류우호오 지음 | 박재영 옮김
4×6판 | 194쪽 | 8,000원

러시아의 신임 대통령 푸틴과 제국의 미래
오오카와 류우호오 지음 | 안미현 옮김
4×6판 | 150쪽 | 7,500원

취업 역량과 가치로 디자인하라
신정수 지음 | 신국판 | 348쪽 | 15,000원

주 식

개미군단 대박맞이 주식투자
홍성걸(한양증권 투자분석팀 팀장) 지음
신국판 | 310쪽 | 9,500원

알고 하자! 돈 되는 주식투자
이길영 외 2명 공저 | 신국판 | 388쪽 | 12,500원

항상 당하기만 하는 개미들의 매도 · 매수타이밍 999% 적중 노하우
강경무 지음 | 신국판 | 336쪽 | 12,000원

부자 만들기 주식성공클리닉
이창희 지음 | 신국판 | 372쪽 | 11,500원

선물 · 옵션 이론과 실전매매
이창희 지음 | 신국판 | 372쪽 | 12,000원

너무나 쉬워 재미있는 주가차트
홍성무 지음 | 4×6배판 | 216쪽 | 15,000원

주식투자 직접 투자로 높은 수익을 올릴 수 있는 비결
김학균 지음 | 신국판 | 230쪽 | 11,000원

억대 연봉 증권맨이 말하는 슈퍼 개미의 수익나는 원리
임정규 지음 | 신국판 | 248쪽 | 12,500원

역 학

역리종합 만세력
정도명 편저 | 신국판 | 532쪽 | 10,500원

작명대전
정보국 지음 | 신국판 | 460쪽 | 12,000원

하락이수 해설
이천교 편저 | 신국판 | 620쪽 | 27,000원

현대인의 창조적 관상과 수상
백운산 지음 | 신국판 | 344쪽 | 9,000원

대운용신영부적
정재원 지음 | 신국판 양장본 | 750쪽 | 39,000원

사주비결활용법
이세진 지음 | 신국판 | 392쪽 | 12,000원

컴퓨터세대를 위한 新 성명학대전

박용찬 지음 | 신국판 | 388쪽 | 11,000원

길흉화복 꿈풀이 비법
백운산 지음 | 신국판 | 410쪽 | 12,000원

새천년 작명컨설팅
정재원 지음 | 신국판 | 492쪽 | 13,900원

백운산의 신세대 궁합
백운산 지음 | 신국판 | 304쪽 | 9,500원

동자삼 작명학
남시모 지음 | 신국판 | 496쪽 | 15,000원

소울음소리
이건우 지음 | 신국판 | 314쪽 | 10,000원

알기 쉬운 명리학 총론
고순택 지음 | 신국판 양장본 | 652쪽 | 35,000원

법률일반

여성을 위한 성범죄 법률상식
조명원(변호사) 지음 | 신국판 | 248쪽 | 8,000원

아파트 난방비 75% 절감방법
고영근 지음 | 신국판 | 238쪽 | 8,000원

일반인이 꼭 알아야 할 절세전략 173선
최성호(공인회계사) 지음 | 신국판
392쪽 | 12,000원

변호사와 함께하는 부동산 경매
최환주(변호사) 지음 | 신국판 | 404쪽 | 13,000원

혼자서 쉽고 빠르게 할 수 있는 소액재판
김재용 · 김종철 공저 | 신국판 | 312쪽 | 9,500원

술 한 잔 사겠다는 말에서 찾아보는 채권 · 채무
변환철(변호사) 지음 | 신국판 | 408쪽 | 13,000원

알기쉬운 부동산 세무 길라잡이
이건우(세무서 재산계장) 지음 | 신국판
400쪽 | 13,000원

알기쉬운 어음, 수표 길라잡이
변환철(변호사) 지음 | 신국판 | 328쪽 | 11,000원

제조물책임법
강동근(변호사) · 윤종성(검사) 공저
신국판 | 368쪽 | 13,000원

알기 쉬운 주5일근무에 따른 임금 · 연봉제 실무
문강분(공인노무사) 지음 | 4×6배판 변형
544쪽 | 35,000원

변호사 없이 당당히 이길 수 있는 형사소송
김대환 지음 | 신국판 | 304쪽 | 13,000원

변호사 없이 당당히 이길 수 있는 민사소송
김대환 지음 | 신국판 | 412쪽 | 14,500원

혼자서 해결할 수 있는 교통사고 Q&A
조명원(변호사) 지음 | 신국판 | 336쪽 | 12,000원

알기 쉬운 개인회생 · 파산 신청법
최재구(법무사) 지음 | 신국판 | 352쪽 | 13,000원

부동산 조세론
정태식 · 김예기 지음 | 4×6배판 변형
408쪽 | 33,000원

생활법률

부동산 생활법률의 기본지식
대한법률연구회 지음 | 김원중(변호사) 감수
신국판 | 480쪽 | 12,000원

고소장 · 내용증명 생활법률의 기본지식
하태웅(변호사) 지음 | 신국판 | 440쪽 | 12,000원

노동 관련 생활법률의 기본지식
남동희(공인노무사) 지음
신국판 | 528쪽 | 14,000원

외국인 근로자 생활법률의 기본지식
남동희(공인노무사) 지음
신국판 | 400쪽 | 12,000원

계약작성 생활법률의 기본지식
이상도(변호사) 지음 | 신국판 | 560쪽 | 14,500원

지적재산 생활법률의 기본지식
이상도(변호사) · 조의제(변리사) 공저
신국판 | 496쪽 | 14,000원

부당노동행위와 부당해고 생활법률의 기본지식
박영수(공인노무사) 지음 | 신국판
432쪽 | 14,000원

주택 · 상가임대차 생활법률의 기본지식
김운용(변호사) 지음 | 신국판 | 480쪽 | 14,000원

하도급거래 생활법률의 기본지식
김진흥(변호사) 지음 | 신국판 | 440쪽 | 14,000원

이혼소송과 재산분할 생활법률의 기본지식
박동섭(변호사) 지음 | 신국판 | 460쪽 | 14,000원

부동산등기 생활법률의 기본지식
정상태(법무사) 지음 | 신국판 | 456쪽 | 14,000원

기업경영 생활법률의 기본지식
안동섭(단국대 교수) 지음 | 신국판
466쪽 | 14,000원

교통사고 생활법률의 기본지식
박정무(변호사) · 전병찬 공저 | 신국판
480쪽 | 14,000원

소송서식 생활법률의 기본지식
김대환 지음 | 신국판 | 480쪽 | 14,000원

호적 · 가사소송 생활법률의 기본지식
정주수(법무사) 지음 | 신국판 | 516쪽 | 14,000원

상속과 세금 생활법률의 기본지식
박동섭(변호사) 지음 | 신국판 | 480쪽 | 14,000원

담보 · 보증 생활법률의 기본지식
류창호(법학박사) 지음 | 신국판 | 436쪽 | 14,000원

소비자보호 생활법률의 기본지식
김성천(법학박사) 지음 | 신국판 | 504쪽 | 15,000원

판결 · 공정증서 생활법률의 기본지식
정상태(법무사) 지음 | 신국판 | 312쪽 | 13,000원

산업재해보상보험 생활법률의 기본지식
정유석(공인노무사) 지음 | 신국판
384쪽 | 14,000원

처 세

명상으로 얻는 깨달음
달라이 라마 지음 | 지창영 옮김
국판 | 320쪽 | 9,000원

명 상

성공적인 삶을 추구하는 여성들에게 우먼파워
조안 커너 · 모이라 레이너 공저 | 지창영 옮김
신국판 | 352쪽 | 8,800원

聽 이익이 되는 말 話 손해가 되는 말
우메시마 미요 지음 | 정성호 옮김
신국판 | 304쪽 | 9,000원

성공하는 사람들의 화술테크닉
민영욱 지음 | 신국판 | 320쪽 | 9,500원

부자들의 생활습관 가난한 사람들의 생활습관
다케우치 야스오 지음 | 홍영의 옮김
신국판 | 320쪽 | 9,800원

코끼리 귀를 당긴 원숭이-히딩크식 창의력을 배우자
강충인 지음 | 신국판 | 208쪽 | 8,500원

성공하려면 유머와 위트로 무장하라
민영욱 지음 | 신국판 | 292쪽 | 9,500원

등소평의 오뚝이전략
조창남 편저 | 신국판 | 304쪽 | 9,500원

노무현 화술과 화법을 통한 이미지 변화
이현정 지음 신국판 | 320쪽 | 10,000원

성공하는 사람들의 토론의 법칙
민영욱 지음 | 신국판 | 280쪽 | 9,500원

사람은 칭찬을 먹고산다
민영욱 지음 | 신국판 | 268쪽 | 9,500원

사과의 기술
김농주 지음 | 국판 변형 양장본 | 200쪽 | 10,000원

취업 경쟁력을 높여라
김농주 지음 | 신국판 | 280쪽 | 12,000원

유비쿼터스시대의 블루오션 전략
최양진 지음 | 신국판 | 248쪽 | 10,000원

나만의 블루오션 전략 – 화술편
민영욱 지음 | 신국판 | 254쪽 | 10,000원

희망의 씨앗을 뿌리는 20대를 위하여
우광균 지음 | 신국판 | 172쪽 | 8,000원

끌리는 사람이 되기위한 이미지 컨설팅
홍순아 지음 | 대국전판 | 194쪽 | 10,000원

글로벌 리더의 소통을 위한 스피치
민영욱 지음 | 신국판 | 328쪽 | 10,000원

오바마처럼 꿈에 미쳐라
정영순 지음 | 신국판 | 208쪽 | 9,500원

여자 30대, 내 생애 최고의 인생을 만들어라
정영순 지음 | 신국판 | 256쪽 | 11,500원

인맥의 달인을 넘어 인맥의 神이 되라
서필환 · 봉은희 지음 | 신국판 | 304쪽 | 12,000원

아임 파인(I’m Fine!)
오오카와 류우호오 지음 | 4×6판 | 152쪽 | 8,000원

미셸 오바마처럼 사랑하고 성공하라
정영순 지음 | 신국판 | 224쪽 | 10,000원

용기의 법
오오카와 류우호오 지음 | 국판 | 208쪽 | 10,000원

긍정의 신
김태광 지음 | 신국판 변형 | 230쪽 | 9,500원

위대한 결단
이채윤 지음 | 신국판 | 316쪽 | 15,000원

한국을 일으킬 비전 리더십
안의정 지음 | 신국판 | 340쪽 | 14,000원

하우 어바웃 유?
오오카와 류우호오 지음 | 신국판 변형
140쪽 | 9,000원

셀프 리더십의 긍정적 힘
배은경 지음 | 신국판 | 178쪽 | 12,000원

실천하라 정주영처럼
이채윤 지음 | 신국판 | 300쪽 | 12,000원

진실에 대한 깨달음
오오카와 류우호오 지음 | 신국판 변형
170쪽 | 9,500원

통하는 화술
민영욱 · 조영관 · 손이수 지음 | 신국판
264쪽 | 12,000원

마흔, 마음샘에서 찾은 논어
이이영 지음 | 신국판 | 294쪽 | 12,000원

겨자씨만한 역사, 세상을 열다
이이영 · 손완주 지음 | 신국판 | 304쪽 | 12,000원

어 학

2진법 영어
이상도 지음 | 4×6배판 변형 | 328쪽 | 13,000원

한 방으로 끝내는 영어
고제윤 지음 | 신국판 | 316쪽 | 9,800원

한 방으로 끝내는 영단어
김승엽 지음 | 김수경 · 카렌다 감수
4×6배판 변형 | 236쪽 | 9,800원

해도해도 안 되던 영어회화 하루에 30분씩 90일이면 끝낸다
Carrot Korea 편집부 지음 | 4×6배판 변형
260쪽 | 11,000원

바로 활용할 수 있는 기초생활영어
김수경 지음 | 신국판 | 240쪽 | 10,000원

바로 활용할 수 있는 비즈니스영어
김수경 지음 | 신국판 | 252쪽 | 10,000원

생존영어55
홍일록 지음 | 신국판 | 224쪽 | 8,500원

필수 여행영어회화
한현숙 지음 | 4×6판 변형 | 328쪽 | 7,000원

필수 여행일어회화
윤영자 지음 | 4×6판 변형 | 264쪽 | 6,500원

필수 여행중국어회화
이은진 지음 | 4×6판 변형 | 256쪽 | 7,000원

영어로 배우는 중국어
김승엽 지음 | 신국판 | 216쪽 | 9,000원

필수 여행스페인어회화
유연창 지음 | 4×6판 변형 | 288쪽 | 7,000원

바로 활용할 수 있는 홈스테이 영어
김형주 지음 | 신국판 | 184쪽 | 9,000원

필수 여행러시아어회화
이은수 지음 | 4×6판 변형 | 248쪽 | 7,500원

바로 활용할 수 있는 홈스테이 영어
김형주 지음 | 신국판 | 184쪽 | 9,000원

필수 여행러시아어회화
이은수 지음 | 4×6판 변형 | 248쪽 | 7,500원

영어 먹는 고양이 1
권혁천 지음 | 4×6배판 변형(올컬러)
164쪽 | 9,500원

영어 먹는 고양이 2
권혁천 지음 | 4×6배판 변형(올컬러)
152쪽 | 9,500원

여 행

우리 땅 우리 문화가 살아 숨쉬는 옛터
이형권 지음 | 대국전판(올컬러)
208쪽 | 9,500원

아름다운 산사
이형권 지음 | 대국전판(올컬러) | 208쪽 | 9,500원

맛과 멋이 있는 낭만의 카페
박성찬 지음 | 대국전판(올컬러) | 168쪽 | 9,900원

한국의 숨어 있는 아름다운 풍경
이종원 지음 | 대국전판(올컬러) | 208쪽 | 9,900원

사람이 있고 자연이 있는 아름다운 명산
박기성 지음 | 대국전판(올컬러) | 176쪽 | 12,000원

마음의 고향을 찾아가는 여행 포구
김인자 지음 | 대국전판(올컬러) | 224쪽 | 14,000원

생명이 살아 숨쉬는 한국의 아름다운 강
민병준 지음 | 대국전판(올컬러) | 168쪽 | 12,000원

틈나는 대로 세계여행
김재관 지음 | 4×6배판 변형(올컬러)
368쪽 | 20,000원

풍경 속을 걷는 즐거움 명상 산책
김인자 지음 | 대국전판(올컬러) | 224쪽 | 14,000원

3.3.7 세계여행
김완수 지음 | 4×6배판 변형(올컬러)
280쪽 | 12,900원

법정 스님의 발자취가 남겨진 아름다운 산사
박성찬 · 최애정 · 이성준 지음
신국판 변형(올컬러) | 176쪽 | 12,000원

자유인 김완수의 세계 자연경관 후보지 21곳 탐방과 세계 7대 자연경관 견문록
김완수 지음 | 4×6배판(올컬러) | 368쪽 | 27,000원

레포츠

수열이의 브라질 축구 탐방 삼바 축구, 그들은 강하다
이수열 지음 | 신국판 | 280쪽 | 8,500원

마라톤, 그 아름다운 도전을 향하여
빌 로저스 · 프리실라 웰치 · 조 헨더슨 공저
오인환 감수 | 지창영 옮김
4×6배판 | 320쪽 | 15,000원

인라인스케이팅 100%즐기기
임미숙 지음 | 4×6배판 변형 | 172쪽 | 11,000원

스키 100% 즐기기
김동환 지음 | 4×6배판 변형 | 184쪽 | 12,000원

태권도 총론
하웅의 지음 | 4×6배판 | 288쪽 | 15,000원

수영 100% 즐기기
김종만 지음 | 4×6배판 변형 | 248쪽 | 13,000원

건강을 위한 웰빙 걷기
이강옥 지음 | 대국전판 | 280쪽 | 10,000원

쉽고 즐겁게! 신나게! 배우는 재즈댄스
최재선 지음 | 4×6배판 변형 | 200쪽 | 12,000원

해양스포츠 카이트보딩
김남용 편저 | 신국판(올컬러) | 152쪽 | 18,000원

골 프

퍼팅 메커닉
이근택 지음 | 4×6배판 변형 | 192쪽 | 18,000원

아마골프 가이드
정영호 지음 | 4×6배판 변형 | 216쪽 | 12,000원

골프 100타 깨기
김준모 지음 | 4×6배판 변형 | 136쪽 | 10,000원

골프 90타 깨기
김광섭 지음 | 4×6배판 변형 | 148쪽 | 11,000원

KLPGA 최여진 프로의 센스 골프
최여진 지음 | 4×6배판 변형(올컬러)
192쪽 | 13,900원

KTPGA 김준모 프로의 파워 골프
김준모 지음 | 4×6배판 변형(올컬러)
192쪽 | 13,900원

골프 80타 깨기
오태훈 지음 | 4×6배판 변형 | 132쪽 | 10,000원

신나는 골프 세상
유응열 지음 | 4×6배판 변형(올컬러)
232쪽 | 16,000원

이신 프로의 더 퍼펙트
이신 지음 | 국배판 변형 | 336쪽 | 28,000원

주니어출신 박영진 프로의 주니어골프
박영진 지음 | 4×6배판 변형(올컬러)
164쪽 | 11,000원

골프손자병법
유응열 지음 | 4×6배판 변형(올컬러)
212쪽 | 16,000원

박영진 프로의 주말 골퍼 100타 깨기
박영진 지음 | 4×6배판 변형(올컬러)
160쪽 | 12,000원

10타 줄여주는 클럽 피팅
현세용 · 서주석 공저 | 4×6배판 변형
184쪽 | 15,000원

단기간에 싱글이 될 수 있는 원포인트 레슨
권용진 · 김준모 지음 | 4×6배판 변형(올컬러)
152쪽 | 12,500원

이신 프로의 더 퍼펙트 쇼트 게임
이신 지음 | 국배판 변형(올컬러) | 248쪽 | 20,000원

인체에 가장 잘 맞는 스킨 골프
박길석 지음 | 국배판 변형 양장본(올컬러)
312쪽 | 43,000원

여성 · 실용

결혼준비, 이제 놀이가 된다
김창규 · 김수경 · 김정철 지음
4×6배판 변형(올컬러) | 230쪽 | 13,000원

아 동

꿈도둑의 비밀
이소영 지음 | 신국판 | 136쪽 | 7,500원

바리온의 빛나는 돌
이소영 지음 | 신국판 | 144쪽 | 8,000원

2013년 04월 15일 제1판 1쇄 발행

지은이 / 아젤
사진 / 고프레도 디 크로라란자
펴낸이 / 강선희
펴낸곳 / 가림출판사
출판기획 / 전춘택

등록 / 1992. 10. 6. 제 4-191호
주소 / 서울시 광진구 중곡2동 161-27 경남빌딩 5층
대표전화 / 02)458-6451 팩스 / 02)458-6450
홈페이지 / www.galim.co.kr
전자우편 / galim@galim.co.kr

값 13,000원

ⓒ 아젤, 고프레도 디 크로라란자, 2013

저자와의 협의하에 인지를 생략합니다.

ISBN 978-89-7895-372-6 03810

가림출판사 · 가림 M&B · 가림 Let's의 홈페이지(http://www.galim.co.kr)에 들어
오시면 가림출판사 · 가림 M&B · 가림 Let's의 신간도서 및 출간 예정 도서를 포
함한 모든 책들을 만나실 수 있습니다.
온라인 서점들의 사이트에 링크하시어 종합 신간 안내 및 각종 도서 정보, 책과
관련된 문화 정보를 받아보실 수 있습니다.
또한 홈페이지 방문시 회원으로 가입하시면 신간 안내 자료를 보내드립니다.